나를 눈뜨게 한
어메이징
인도네시아

KB106479

나를 눈뜨게 한 어메이징 인도네시아

발행일   2016년 10월 14일

지은이   박영광
펴낸이   손 형 국
펴낸곳   (주)북랩
편집인   선일영   편집   이종무, 권유선, 안은찬, 김송이
디자인   이현수, 김민하, 이정아, 한수희   제작   박기성, 황동현, 구성우, 양수연
마케팅   김회란, 박진관
출판등록   2004. 12. 1(제2012-000051호)
주소   서울시 금천구 가산디지털 1로 168, 우림라이온스밸리 B동 B113, 114호
홈페이지   www.book.co.kr
전화번호   (02)2026-5777   팩스   (02)2026-5747

ISBN   979-11-5987-232-7 03810(종이책)   979-11-5987-233-4 05810(전자책)

이 도서의 국립중앙도서관 출판예정도서목록(CIP)은 서지정보유통지원시스템 홈페이지(http://seoji.
nl.go.kr)와 국가자료공동목록시스템(http://www.nl.go.kr/kolisnet)에서 이용하실 수 있습니다.
(CIP제어번호 : CIP2016024242)

잃어버린
자신을
찾아 떠난
한 청년의
해외봉사
활동 체험기

나를 눈뜨게 한
어메이징
인도네시아

박영광 지음

북랩 book Lab

　　무려 10년 만에 글을 완성했다. 그때 당시 인도네시아에서 아무렇게나 생각나는 대로 적다 보니 오랜 시간 수정을 해야만 이 글을 완성할 수 있었다. 10년 동안 생활 전선에서 전쟁을 치르다 보니 수정 아닌 수정을 하지 못했다. 하지만 이번 여름 본의 아니게 두 달간 혼자만의 시간을 가질 수 있게 되었다. 첫 달은 책을 보거나 블럭조립을 하며 시간을 보냈지만 나머지 한 달은 더 의미 있는 시간을 보내고 다하지 못한 숙제를 완성하고자 컴퓨터 앞에 앉아 이렇게 완성하게 되었다. 10년 전 글을 보니 새삼 새롭다. 그때 당시 난 무엇을 생각하고 살았는지 그리고 그때의 나와 10년이 지난 지금의 나는 어떻게 달라졌는지….

　　10년 전 이 글에 잠깐 등장하는 여자 친구는 지금의 와

이프가 되어 있고 나에게는 귀여운 4살 남아와 2살 여아가 있다. 아주 단란하고 화목한 4인 가족이 된 셈이다.

그리고 10년 전 인도네시아를 배경으로 작성된 글이다 보니 지금의 인도네시아와는 많이 다를 것이다. 무엇보다 일부 국한된 지역에 대해서만 작성했기 때문에 오해하지 않았으면 한다. 나의 글이 지금의 인도네시아를 전부 표현할 순 없고 정확하다고 할 수도 없다. 단지 그때의 느낌, 주관적인 생각을 글로 표현했기 때문에 그냥 그렇구나 하고 참고만 하길 바랄 뿐이다.

이 글의 제목을 '부끄러운 해외 자원봉사'로 하고 싶다는 생각을 했다. 여러 가지 어려움 속에서 인도네시아로 출국했지만 예정된 1년을 채우지 못하고 6개월 만에 귀국하고 말았다. 6개월 중 2개월은 언어 연수로 자원봉사를 하지 못했고 4개월만 수행하고 귀국했기 때문에 많이 부끄럽다. 나 아닌 다른 자원봉사자들은 각 나라별 현지에 바로 투입되어 누구 못지않게 열심히 자원봉사를 수행하였으며, 다하지 못한 사업을 완성하고자 1년 연장하여 2년을 하는 자원봉사자도 있었다. 해외 자원봉사자를 파견하는 기관은 많이 있으며 이 중에 내가 연계되어 자원봉사한 굿네이버스 내에서도 수많은 해외 자원봉사 대상 국가가 있기 때문에 나라별 특성에 맞게 자원봉사의 사업이 진행되고 내부 사정에 따라 진행됨을 참고하면 좋겠다. 단지 나의 글들을 보고 해외 자원봉사에 대한 안 좋은 인식이나 편견을 가지지 않았으면 하는 바람이 있다.

contents

왜 해외 자원봉사를 지원하였나?

왜 해외 자원봉사 활동을 지원하였을까? 모른 긴 몰라도 여러 가지 이유와 자기 합리화를 통해서 해외 자원봉사를 지원하게 된 것 같다. 내가 굿네이버스 해외 자원봉사 지원서에 적은 내용 일부분을 보면 이렇다.

'해외 자원봉사단에 지원하기까지 참 오랜 시간이 걸렸습니다. 고등학교 졸업하면서 특별히 하고 싶은 게 없었던 저는 성적에 맞춰 서울에 있는 전문대에 컴퓨터를 전공하는 학과로 입학했습니다. 어느 신입생들처럼 친구들과 어울리면서 1년을 보내고 군 입대를 하게 되었습니다. 군대 생활을 하면서 컴퓨터를 그냥저냥 잘하긴 하지만 특별히 프로그래머라는 것이 나의 길이 아니라는 걸 알게 되었습니다. 군대 전역 후에 컴퓨터학과를 졸업 하면서 동시에 직업 재

활학과(장애인 직업 지원)로 편입하게 되었습니다. 편입한 학과
에서 공부하며 장애인복지관이나 사회복지 관련 단체에서
자원봉사를 하다 보니 자연스럽게 해외 자원봉사에 대한
관심을 가지게 되었습니다. 해외 어디라도 제가 힘이 될 수
있는 지역이라면 마다하지 않고 열심히 자원봉사를 하고자
합니다. 지금의 자원봉사가 제 인생의 마지막 마침표이자
시작점이 될 기회를 주시면 감사하겠습니다.'

해외 자원봉사를 오기까지

여기에 오기까지(인도네시아 자원봉사 현지) 정말 힘든 과정들
이 많이 있었다. 지방에 있는 장애인복지관에 졸업도 전에
조기 취업이 되어서 일하는 동안 굿네이버스 홈페이지를 별
생각 없이 방문하곤 했는데 어느 날 홈페이지에 해외 자원
봉사자 모집 공고가 올라온 것을 보고는 눈이 번쩍하고 뜨
이는 것이다. 남들 보다 일찍 사회생활도 시작하고 무엇보
다 집안 형편이 좋지 못해 모든 걸 포기하고 해외로 나간다
는 것 자체가 미친 짓이었다. 며칠을 고민 끝에 지원 마지막
날 아침에 겨우 지원서를 적고 메일로 접수 시켰었다. 그때
마음은 '그냥 접수만 해보자! 접수한다고 전부 합격하는 것
도 아니고 설마 서류라도 합격하겠어? 지원이라도 하지 않으

면 아쉬우니 그냥 해봐야겠다'라는 생각으로 지원한 것이다. 근데 이게 웬일인가! 며칠 후에 서류심사가 통과되었다는 통보를 받게 된 것이다. 하지만 내가 지원한 지역개발이 아니라 옛날 옛적 중학교 때까지, 고작 5년 정도 다니면서 취득한 3단 단증으로 인해서 지원분야가 태권도 교육으로 수정되어 합격하게 된 것이다.

나는 서류가 합격하면서부터 내 주변에 있는 사람들에게 끊임없이 설득하는 일을 해야 했다. 몇몇은 잘되었다고 좋은 경험이니 면접 잘 보고 잘 다녀오라고 하는 반면, 몇몇은 '너의 현실이 지금 해외 자원봉사 갈 만큼 여유롭지 않은 상황이며 지금은 대학생도 아니고 잘 자리 잡고 사회생활하다 말고 어딜 간다고 가느냐. 그냥 면접을 포기하고 일이나 잘해라"는 말을 수없이 들어야 했다. 난 그때 당시 내심 너무 가고 싶은 마음이 굴뚝같았기에 난 내가 생각해낼 수 있는 모든 방법을 동원했다. 해외 자원봉사와 관련해서 좋은 점을 최대한 부각시키면서 사람들을 설득하기 시작했다. 그러던 중에 면접날짜가 다가와서 직장에는 다른 핑계로 연가를 신청하고 '설마 그래 면접까지 붙겠어?' '나중에 후회하지 말고 그냥 면접을 보고 떨어지는 게 낫지'라는 심정으로 다시 한 번 면접을 보게 되었다. 지원분야가 바뀌었기에 조금 혼란스러웠다. 내가 지금 하고 있는 장애인 복지 혹은 사회복지랑 태권도로 해외 자원봉사를 나간다는 게 무슨 연관이 있겠으며 내가 돌아온 이후에 어떤 도움을 줄 수 있을까 하는 생각이 들었다. 그래서 면접 당시에 이런 말을 했었다. 만약에 자원봉사를 가서 태권도만 하게 된다면 해외 자원봉사를 포기하는 게 좋을 것 같지만, 태권도와 지역개발사업에 같이 참여할 기회를 주신다면 자원봉사를 가고 싶다고 말한 것이다.

면접을 보면서 '시원하게 떨어지게 해주세요'라고 무언의 소리를 지르는 것과 다를 바 없는 대답이었다. 하지만 웃기게도 결국 합격 통보와 함께 인도네시아에서 지역 개발과 태권도를 함께할 수 있는 것은 물론 인도네시아에서 나를 원한다고 했다.

나는 이때부터 상당한 압박감에 시달리기 시작했다. 내 주변의 대부분이 가는 것을 반대하고 무엇보다 부모님을 설득하는 것이 너무나 힘든 과정이었다. 결국 설득 보다는 통보하고 인도네시아로 떠날 수밖에 없었다.

GNI(굿네이버스)의 모든 심사를 통과하긴 했지만 한국해외
원조단체협의회(KCOC)에서 최종 신체검사와 신원확인 절차
때문에 나에게는 2주가량의 시간이 남아 있었다. 남은 시
간 동안 회사 일도 마무리하고 사람들과 인사 나누며 나갈
준비를 차곡차곡 해나갔다. 이러한 과정과 함께 한국해외
원조단체협의회(KCOC) 국내훈련과 GNI 국내훈련을 마치게
되었다. 원서지원에서 출국까지 2달 만에 모든 것을 마무리
하고 혼란과 혼돈 속에서 출국을 했다.

프로펠러 비행기 타고
사업 현장으로

2007. 4. 12

교통이 발달하지 못한 시골 지역으로 이동할 때는 15시간씩 모르는 사람끼리 모여 SUV를 타고 꼬불꼬불한 비포장 도로를 달려 이동하는 경우가 많이 있지만 경우에 따라 12인승 프로펠러 경비행기를 이용해서 이동하기도 한다. 나름 큰 비행기보다는 12인승 프로펠러 비행기가 훨씬 안전하다고 설명을 듣긴 했는데 맞는 말인지는 잘 모르겠다. 하지만 꽤나 쾌적하고 비행기가 저고도로 날아가기 때문에 풍경을 감상하는 것은 아주 좋은 경험이었다.

나를 눈뜨게 한 어메이징 인도네시아

  '메단'은 우리나라의 초여름 수준의 선선함을 느낄 수 있지만 바닷가 지역인 믈라브에서는 고온다습한 날씨로 인해서 찐득한 땀이 너무 많이 나서 불편하고 적응하기 힘들었다.

  근래 들어 이상기후로 인해 잦은 홍수와 지진으로 많은 피해를 보고 있다고 한다.

믈라브 커피

2007. 4. 15

지부장님께서 앞으로 현지에서 사업을 성공적으로 연계하기 위해서는 현지에 대한 빠른 이해와 몸으로 직접 부딪쳐 보는 것이 가장 중요한 포인트라고 하셨다. 우선은 짧게나마 믈라브 곳곳을 다니면서 가이드 역할을 해주셨다. 믈라브는 인도양과 마주는 해안가 지역으로 해변의 길이가 대략 5㎞ 이상의 길이는 되는 것 같았다. 중간에 큰 화물선이 정박할 수 있는 부두가 있는데 한 달에 한 번 정도 들어온다고 한다. 워낙 경제적으로 낙후되어 있어 외부와의 물류 거래가 많지 않아 간혹 배가 들어온다고 한다. 해수면과 육지의 지면 차이가 별로 나지 않아 조수간만의 차와 태풍이

겹칠 경우, 시내 안으로 1년에 한두 번은 물이 차올라 온다고 한다. 그리고 쓰나미 피해가 집중적으로 발생한 지역은 아직도 복구되지 못하고 방치된 상태이며 사람들의 왕래가 거의 없고 다른 지역을 중심으로 다시 개발한다고 한다.

이렇게 믈라브 지역을 다니는 중에 강과 바다가 만나는 곳에 있는 야외 카페를 가게 되었다. 지부장님과 현지 스텝은 믈라브 커피를 시키고 나는 코코넛 음료를 시켰다. 역시나 코코넛은 야자수에서 딴 지 얼마 지나지 않은 열매였다. 동남아에 오기 전에는 항상 이 코코넛에 대한 환상이 있었다. 빨대로 음료를 마시니 그냥 달달한 맛이었는데 얼음만 들어가면 청량감이 대박일 듯하였으나 얼음이 없다고 하여 그냥 마셨다. 딱히 너무 맛이 좋아 다음에 또 먹고 싶다는 생각은 들지 않았다. 그리고 지부장님이 시킨 플라브 커피. 처음 보는 커피인데 특이했다. 커피를 컵에 넣고 따뜻한 물로 한가득 채워서 살짝 우려낸 다음 위에 커피 접시를 덮어서 한 번에 뒤집어 주면 사진(19P)과 같은 모양이 된다. 이것은 빨대로 커피 컵의 아래쪽을 살짝 바람을 밀어 넣으면 접시로 커피 우려낸 물이 살짝 삐져나오는데 이것을 빨대로 빨아 먹는 식이다. 여기서 처음 보는 방법인데 정확하게 기억나진 않지만 플라브에서만 커피를 이렇게 먹는다고 한 것 같다. 맛은 꽤 괜찮은 커피 맛이었고 다음에 한국 가면 한 번 해 보고 싶었다.

나를 눈뜨게 한 어메이징 인도네시아

블랙매직

2007. 4. 17

인도네시아 생활이 일주일째 이어지고 있다.

13일쯤에 플라브 한 시골 마을에서 처음으로 장애인을 만나게 되었다. 휠체어를 타고 이런저런 것들을 본인 다리 위에 잔뜩 올려놓고 있었다.

그냥 봐도 영양 상태는 좋아 보이지 못한 것 같고 휠체어에 타고 있긴 하지만 다리에 감각이 있는지 이리저리 움직이기도 한다. 장소를 이동할 때 손과 다리를 같이 이용해서 휠체어를 이동시키는데 일어나 걸어 다니진 못하는 것 같았다. 현지 스텝에게 물어보니 마을에서 가까운 정글에 들어갔다가 장애를 가지게 되었다고 한다. 확실한 원인은 알지 못하고 단지 블랙매직(현지인의 말)으로 인해서 그렇게 되었다고는 하는데 잘 이해가 가진 않았다.

인도네시아에서도 종교적으로 강성성향이 있는 무슬림 지역인 아체(오래전 분리 독립하기 위한 독립군이 활동한 지역)는 미신이나 귀신 때문에 블랙매직이라는 것이 사람들 마음 깊이 자리 잡고 있는 것 같았다. 나와 같은 집을 사용하고 있는 시몬이라는 친구 또한 밤마다 귀신이 나타나서 며칠 동안 잠을 이루지 못한다고 해서 저녁 기도회 후에 다 같이 시몬이 사는 집의 거실에서 찬양하며 기도를 하기도 했다.

여기 플라브 지역은 강성 무슬림 지역으로 외부인들(특히 비무슬림 지역의 나라가 많다)이 아체지역으로 들어 온다는 것은 매우 위험한 일이었지만 2005년 쓰나미로 인해 세계 각국의 NGO 단체가 들어와 활동하면서 지역주민들이 가진 외부인에 대한 적대감이 호감으로 바뀌고 있다고 한다. 하지만 오랜 기간 무슬림이라는 종교를 바탕으로 지역사회가 구성됨에 따라 아직까지 여자들은 중동 여성들과 같이 머리에 천(히잡)을 두르고 다니며, 남자건 여자건 긴바지를 입고

다니고 있다. 아체지역에서 비행기로 1시간 거리에 있는 메단(도시)의 경우 기독교가 많이 전파되어 종교적인 갈등이나 제약이 없고 외국인들 또한 많이 거주하고 있는 개방적인 도시가 있다.

메단은 세계 여러 도시와 비슷하게 대형 마트, 외국계 회사, 대학 등이 있으며 여성들은 짧은 치마나 탱크탑을 입고 다니기도 한다. 같은 나라이지만 우리나라의 시골과 도시처럼 지역 간의 문화 차이가 나기도 한다.

플라브로 들어가기 위해서는 메단에서 경비행기를 타고 40분이면 갈 수 있기도 하지만 대부분은 작은 밴SUV을 이용해서 비행기 값의 반 정도 되는 현금을 지불 하고 밤새 14시간을 달려야지 도착할 수 있다. 대도시 주변을 빼고는 대부분 도로가 1차로 도로에서 자전거, 오토바이, 자동차가 뒤엉키어 곡에 운전을 하곤 한다.

간간이 우리나라의 H사의 자동차가 보이긴 하지만 대부분 일본 브랜드 자동차가 90% 이상을 차지하는 것 같았다. 승용차보다는 SUV 차량이 주류를 이루고 있다. 휘발유 값은 우리나라 돈으로 리터에 500원가량 한다.

　OPEC 가입국인 인도네시아로서는 현지 생활물가에 비해서 비싸다는 느낌이 든다. 인도네시아에서 석유와 가스를 시추하긴 하지만 정류시설을 갖추고 있지 못해 휘발유 값이 비싸다고 한다.

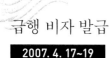

급행 비자 발급

2007. 4. 17~19

인도네시아에서 1년간 합법적으로 체류할 수 있는 비자를 싱가포르에서 급행으로 발급을 받았다. 흔히 하지 않는 별도의 비자발급을 위해서 17일 밤 비행기를 타고 싱가포르에 갔다가 19일 아침 비행기를 타고 돌아오는 2박 3일간의 일정이다. 실 체류 시간은 24시간 정도의 짧은 여행이었다.

우리나라와 일본 만큼이나 가까운 거리에 위치한 인도네시아 메단과 싱가포르는 시차가 1시간 정도 난다. 미화로 140불짜리 비행기를 타고 17일 밤 11시에 싱가포르에 도착해서 택시를 타고 게스트하우스로 향하는데 택시기사 말로는 싱가포르 사람들은 대부분 영어, 말레이어(인도네시아어), 싱가포르어를 잘한다고 한다. 물론 아닌 사람들도 많이 있지만 대부분의 고등교육을 받은 젊은 사람들은 가능하다고 한다.

게스트하우스에서 18일 아침 일찍 일어나서 9시에 맞춰 인도네시아 대사관으로 향하는데 벌금의 나라 싱가포르라는 중압감에 택시를 꼭 택시 승강장에서 잡아야 할지 아님 일반 도로에서 잡아도 가능한 건지 도통 알 길이 없었다(뭐라도 잘못했다가는 벌금을 내야 할까 봐 겁이 났기 때문이다). 하는 수 없이 아무 도로에서 지나가는 택시를 잡아타고 대사관(인도네시아)에 도착한 시간은 7시 50분이었다. 내 생각보다 꽤나 큰 규모의 대사관 건물 앞에서 9시까지 기다렸다가 신분증을 보여주고 들어가려는 찰라 내가 입고 있는 반바지로 인해서 보안요원에게 제지당했다. 인도네시아에 종교의 자유가 있긴 하지만 다수가 이슬람이기 때문에 짧은 반바지는 예의에 맞지 않는다고 하여 싱가포르 달러 1불을 주고 자주색 몸뻬 바지를 빌려 입고서야 출입을 할 수 있었다.

일반적으로 1년 비자는 3일간의 발급 시간이 필요한데

우린 당장 내일 메단행 비행기를 타야 했기 때문에 비자발급 하는 대사관 직원한테 오늘 오후에 바로 비자 발급받아야 하니 어떻게 하면 되겠냐고 한참을 설명했다. 하지만 대사관 직원은 일단 3일이라는 발급 시간이 정해져 있기 때문에 우선은 발급 순서에 맞게 서류 처리를 하라고 한다. 메단에서 싱가포르로 넘어오기 전에 현지 스텝으로부터 하루면 가능하다는 설명을 듣고 짧게 일정을 잡고 온 거라 앞이 캄캄했다.

일단 포기하고 발급 순서에 맞게 업무처리를 하고 마지막 수수료를 지불하려고 하는데 아까 한참 이야기 나눈 직원이 창고를 돌아 나와서 우리가 가지고 있는 모든 서류를 다시 돌려받고는 12시에 본인한테 전화하라고 한다. 아무 걱정 말고 가라고 하니 얼떨떨한 기분으로 대사관을 나오게 되었다. 싱가포르의 오차드 거리에서 12시가 되기를 기다리며 전화를 하니 270불 싱가포르 달러를 준비하고 만날 수 있는 장소를 정하자고 했다. 오차드 거리의 한 커피숍 앞에서 3시에 만나기로 다시 약속을 잡고 시간에 맞춰 전화하니 서로 짧은 영어로 인해서 길이 계속 엇갈려 겨우 40분이 지나고서야 만날 수 있었다.

준비하라고 한 270불은 나에게 큰돈이었기 때문에 지갑 속에 우선 200불만 준비하고 나머지 돈은 다른 곳에 숨겨 두고 가격 협상을 해보기로 했다. 처음에는 불가능하다는 말만 했지만 지갑을 보여주니 본인이 대신 지불 할 테니 나중에 돈이 생기면 계좌 송금하라면서 헤어졌다(사실 대사관 창고에서 직원이 우리 서류를 받고 아는 브로커에게 모든 서류를 넘기고 브로커는 관련된 업무처리를 따로 해서 우리들과 연락하고 조심스럽게 만난 것 같았다. 40분 늦게 만나게 된 것도 혹시나 싱가포르 당국에 걸릴까 봐 본인이 먼저 전화를 하진 않고 계속 우리 쪽에서 먼저 전화를 했는데 우리 주변을 몰래 살피면서 만난 게 아닌가 싶다).

물론 여기가 싱가포르이긴 하지만 인도네시아 사람이라는 특성과 인도네시아 문화라는 것이 곧잘 돈이 오가는 문화를 가지고 있으며 관계 중심 속에서 돈이 돌고 돈다고 할 수 있는 문화를 가지고 있는 게 아닌가 한다. 이런 문화라는 것이 남녀노소 없이 만연하기 때문에 불법이라기보다는 그냥 하나의 문화라는 생각을 하기도 했다. 하지만 꼭 이것이 인도네시아를 대표한다고 할 수 없으며 분명 그렇지 않은 것도 많을 것이라고 생각한다.

약간의 007작전을 방불케 하는 비자발급을 통해서 인도네시아의 또 다른 뒷면을 잠시 경험 할 수 있었다.

한국을 떠나 인도네시아의 한 시골에서 장애인을 처음 본 이후 두 번째로 싱가포르 오차드로드에서 시각장애인을 만날 수 있었다. 작은 엠프 하나를 설치하고는 땡볕 아래 신호등에서 몇 곡씩이나 지치지 않고 노래하는 모습이 꽤 매력적이기도 하고 대단해 보이기도 했다. 지나가는 발걸음을 잠시 멈추고 노래를 듣고 앞에 놓여 있는 작은 통에 몇 센트에서 몇 달러씩 주고 가는 사람들이 여럿 보였으며, 나 또한 잠시 듣다가 내 주머니에 있는 동전을 전부 주고 왔는데 나중에 보니 생각보다 많은 돈을 주고 온 것 같았다.

오차드 로드 거리를 걷다 보면 두 대가 쌍으로 설치된 공중전화 부스를 자주 보게 되는데 한 대는 높은 곳에 한 대는 휠체어를 이용하는 장애인이나 어린이가 사용할 수 있을 높이에 설치된 것을 볼 수 있다. 거리의 도로는 경사로가 잘 정비 되어 있긴 하지만 빌딩 출입구에는 경사로가 있는 곳도 있고 없는 곳도 있었다. 잠깐이나마 머무르고 가는 싱가포르긴 하지만 우리나라처럼 거리에서 장애인을 만나기란 어려워 보였다. 싱가포르의 장애인 정책은 어떻게 이루어지고 있는지 알고 싶은 생각이 굴뚝같았지만 알아볼 수 있는 것은 그냥 눈으로 둘러보는 것 말고는 할 수 있는 게 없었다.

싱가포르하면 '관광의 도시'라는 문구가 떠오른다. 도시국가다 보니 공항에서부터 도시 구석구석까지 전철이 잘 깔려있고 무엇보다 우리나라의 전철노선과 아주 흡사하여 누구나 이용하기 쉽게 되어 있다. 전철 티켓 보증금으로 싱가포르 달러 1불로 전철 이용 후에 자동발급기 반환하면 반환금 1불을 다시 되돌려 준다(2007년 당시 환율로 우리나라 돈으로 650원이 싱가포르 1불이었으며, 우리나라에서 전철 이용 시 현금이나 교통카드를 이용할 당시였다).

대부분의 주요관광지를 전철로 이동할 수 있고 센토사 섬 같은 경우는 전철역에서 셔틀버스를 이용할 수가 있다. 도심 관광 셔틀버스인 2층 버스는 23불이라는 비싼 금액에도 외국 관광객들이 즐겨 찾는 것처럼 보였으며, 그만큼 자주 돌아다니면서 관광객들을 즐겁게 해주고 있었다. 오차드 거리의 쇼핑몰 지하에는 푸드코트 같은 곳이 즐비하고 4~5불가량의 저렴한 식사가 가능했다. 관광지를 둘러보면 대부분이 인공적인 건축물이나 자연환경을 조성해서 관광지로 개발하다 보니 약간의 식상함이 있기는 했다.

명품쇼핑의 거리인 오차드 거리를 보면 우리나라에서는 볼 수 없는 풍경을 볼 수 있다. 거리마다 빼곡히 들어서 있는 가로수들이다. 몇십 년, 몇백 년 된 것처럼 보이는 수십 미터의 꽤 큰 나무들이 도심의 중간에 그것도 도로의 가로수로 버티고 있으며 사람이 다니는 인도마다 앉아 쉴 수 있는 나무 그늘과 함께 쓰레기통이 많아 자연스레 쓰레기통에 휴지를 버리게 되며 길거리에 담배 피며 다니는 젊은이들과 다양한 나라의 다양한 인종들이 뒤섞여 공존하는 싱가포르였다.

살라티가에서의 인도네시아어 공부

2007. 4. 20

인도네시아어 공부를 위해서 살라티가라는 도시에 도착했다.

자카르타에서 남동쪽 아래에 있는 스마랑이라는 도시에서 버스 타고 1시간 거리에 위치한 작은 도시로 인도네시아에서 잠시 다녀본 메단이나 믈라브 보다는 많이 선선하다.

살라티가는 다른 지역과 달리 종교분쟁이 전혀 없고 서로의 종교를 존중하면서 지내고 있는 것 같다. 인구의 절반 이상이 기독교인으로 무슬림 지역인 반다아체와는 사뭇 다른 느낌이다. 무슬림 지역의 경우 교회를 다니거나, 기독교라는 종교를 가지고 있는 것만으로도 주민들의 눈총을 받거나 무슬림 종교 경찰의 감시를 받아야만 한다(혹시라도 기독교 전도 활동을 할까 봐 감시하는 것이다).

인도네시아에서도 반다아체 지역은 독립군들의 지배세력이 강한 지역으로 강성 무슬림으로 인해서 외국인이나 개방적인 문화가 전혀 들어오지 못하고 오랫동안 폐쇄적인 모습을 보여주고 있다. 같은 인도네시아 사람들 사이에서도 반다아체는 조금 특별하게 생각하는 곳이다.

이곳 살라티가에는 임락이라는 인도네시아어 학교가 있다. 이 학교는 세계 여러 나라의 선교사들이 인도네시아어를 배우기 위해 입학하는 곳으로 보통 2년씩 공부를 한다. 물론 현지에 비즈니스 때문에 언어공부를 하는 학생들도 들어있다.

이 학교에만 일곱 가정의 한인 선교사님들과 현지 공장을 운영하는 한국인 자녀가 언어 연수를 위해 공부를 하고 있다. 수업 시간은 기초과정 몇 달간은 오전 8시부터 12시까

지이며 중급단계로 올라가며 오전/오후 선택하여 하루 2시간을 공부했는데 마치 우리나라 유치원에서 공부하듯 역할극 같은 교육방법을 많이 사용했다.

간단한 문장을 적어 두고 선생님이 선창하면 학생이 재창하는 형식으로 하루종일 수업을 하거나 상황에 맞게 역할극을 하기도 했다. 또한 다양한 문장을 적어 두고 중간 중간 스토리를 만들어가는 수업을 진행하는데 이 수업의 경우 슈퍼맨이나 배트맨이 자주 등장하고 짧은 단어 실력으로 인해서 이야기가 산으로 가거나 바다로 가서 웃지 못할 스토리가 짜이기도 했다. 중요한 건 선생님 혼자 이야기하거나 노래하진 않는다. 모든 수업은 무조건 선생님보다는 학생이 더 많이 이야기하고 노래한다. 그렇다 보니 2시간만 수업해도 중간에 엄청 배가 고프다. 이러한 교수법은 내가 몇 달 만에 현지인들과 함께 동화되어서 편안하게 인도네시아 생활을 하는 데 큰 역할을 해주었다.

선교를 목적으로 만들어진 학교이니만큼 매주 월요일이면 예배로 한 주를 시작하는데 처음부터 끝까지 인도네시아어로 진행하고 선생님과 중급반 학생들이 돌아가면서 예배를 진행하기도 했다.

인도네시아 어디를 가나 사람보다는 오토바이가 도로마다 넘쳐나고 험난한 고개 운전을 하면서도 다들 유연하게 잘 다닌다. 우리나라의 다마스 크기의(어쩌면 정말 우리나라 다마스일지도 모른다) 자동차를 개조시켜서 간이 버스를 만들어 노선별로 번호를 매겨 운행하는데 우리나라 돈으로 200원이면 탈 수 있고 손님이 많은 시간이 아니라면 곧잘 노선을 벗어나서 아무 곳이나 둘러 다니며 손님을 받고, 돈을 조금 더 주면 가지 않는 곳을 가기도 한다. 조수가 한 명 있으며 이 사람은 차 문짝에 매달려 사람들에게 호객행위를 한다. 특이한 점은 노선은 정해져 있지만 정거장이 없기 때문에 도로 중간에서 타고 싶을 땐 손을 들고 버스를 타고 가다가 내가 내리고 싶을 땐 끼리(왼쪽)라고 외치면 바로 길옆으로 세워준다.

나 같은 경우는 걸어서 15분 정도면 다닐만 하지만 여기 사람들은 더워서 그런지 오토바이든 뭐든 타고 간다고 한다. 물론 아닌 경우도 많이 있겠지만. 워낙 온도가 높기 때문에 땡볕에 잘못 걸어 다녔다간 열사병이나 뎅기열에 걸리기 쉬워 걷다가 버스 타고 다니기도 하면서 맘대로 막 타고 다닌다.

밤이 되면 길거리에 리어카로 만들어진 포장마차 밥집이 많이 있는데 다양한 종류의 야식들이 넘쳐난다. 저녁이면 다들 밥 해먹기 싫어서인지 학생들이 많아서인지 삼삼오오 나와서 외식을 하곤 하는데 딱히 술집이나 호프집은 잘 보이지 않는다. 물론 내가 잘 몰라서 모르는 것도 있을 것이다. 대표 음식으로 나시고랭은 어디 포차나 다 있기 마련인데 어딜 가나 나시고랭은 내 입맛에 딱 맞다. 종류도 닭, 야채, 소고기, 해산물 등 다양하고 질리지도 않는다. 경우에 따라 매운 메뉴도 있긴 하지만 김치 생각이 자주 난다. 깨끗하게 코팅된 소포 포장용 종이에 잘 포장해서 집에 가서 가족끼리 먹기도 하고 나 같은 경우엔 고추장을 곁들여 먹는데 맛은 꽤 괜찮다. 가격은 우리 돈으로 500원이 평균이다.

인도네시아어 공부를 하는 살라티가에서는 아침 6시에 눈을 뜨면 아침을 간단하게 먹고 8시에 학교 가서 12시까지 공부를 했다. 방과 후에는 과제로 인도네시아 현지인을 매일 만나서 그날 본문에 나온 내용 위주로 대화하는 것이 과제인데 매일 10명에서 15명을 만나라고는 했지만, 솔직히 그렇게는 못 하고 최대한 많이 만나려고 노력했다. 이곳에는 기독교 법인의 대학교가 있었기 때문에 주로 대학교 학생들을 만나긴 했지만 초기에는 인도네시아어도 못하고 영어도 못 했기 때문에 난감할 때가 많이 있었다. 몇 마디 겨우 하고 나면 딱히 할 수 있는 이야기가 없었다. 차라리 영어라도 잘했으면 이러저러한 이야기를 했을 것 같은데 그렇지 못하다 보니 영어에 대한 아쉬움도 크다. 날이 갈수록 단어를 많이 알게 되면서 약간의 대화가 통하기도 하고 꼬스라는 하숙집에 살면서 다른 방에 하숙하는 대학생이나 일하는 아주머니들을 대상으로 말도 안 되는 말을 막 하면서 공부를 하니 생각보다 빨리 어휘력이 늘어나는 것 같았다.

이렇게 방과 후에는 대학교에서 과제를 하면서 점심을 때우고 주로 인터넷 카페에 들러 업무를 보았다. 인터넷이 우리나라 속도를 따라오진 못했지만 적당히 사용할 만큼의 속도가 나오는 것 같다. 인터넷으로 업무가 끝나면 잡다한 것 좀 하다가 집에 가면 오후 늦은 시간이 된다. 너무 덥다 보니 낮잠을 잠깐 자거나 학교 과제를 하면서 저녁을 기다린다. 저녁 먹을 때쯤 되면 같이 하숙하는 학생들하고 대화를 하면서 학교 과제와 관련해서 도움을 받기도 하는데 영어를 못하다 보니 사전을 찾아보며 필사적으로 대화를 이어나가고 그러는 동안에 나의 인도네시아어 실력도 쑥쑥 자란 것 같다. 요즘처럼 이렇게 열심히 공부한 적이 없었던 것 같다. 간혹 한국에 있는 여자 친구(지금의 아내)와 통화 할 땐 나도 모르게 인도네시아어가 불쑥 나오기도 하고 마치 고등학교 시절 친구들과 당구 처음 할 때처럼 눈앞에 인도네시아어 단어만 떠오르곤 한다.

현지 사람들이 내가 외국인이어서 그런지 몰라도 영어를 사용해서 자주 대화를 시도한다. 영어에 익숙한 사람만 나에게 말을 한 것 같기도 하지만, 학교 가다 보면 우리나라 시청과 비슷한 곳 앞에 매일 같이 신문을 게시해서 펼쳐 붙여 두는 곳이 있다. 언제나 이곳은 사람들로 북적거리며 나 또한 아는 단어가 있나 하고 지날 때마다 보기도 한다. 정말 알고 싶은 단어가 있으면 옆 사람에게 간혹 물어본다. 그러면 매번 영어로 무슨 단어를 뜻한다고 친절하게 잘 가르쳐 준다(이런 거 보면 나도 참 많이 적응하는 것 같다. 평소 나는 잘 모르는 사람에게는 길도 물어보기 싫어하고 사람을 조금 가리는 성향이 있는데 여기서는 빨리 말을 배워야 하고 살아남아야 한다는 생각에 이 사람 저 사람 모르는 사람들에게 잘도 물어본다).

내 주변에 있는 인도네시아 사람들을 만나다 보면 나에게 꼭 해주는 말이 있다. 인도네시아 사람들은 사기를 잘치고 거짓말을 잘하고 사람을 속여서 이용하려는 나쁜 사람들이 많이 있으니 조심하란다. 나와 친하게 지내는 대부분 사람들이 이런 말을 하고 있으니 좀 아이러니하다. 그럼 이런 말을 해주고 있는 사람들 중에서도 그런 부류의 사람이 있다는 뜻인데… 잘 모르겠다. 우리나라도 그렇듯 나쁜 사람이 있는가 하면 좋은 사람도 있다. 여기 인도네시아도 좋은 사람이 있는가 하면 나쁜 사람이 있을 것이다. 누가 더 나쁘다 착하다 할 수 없으며 그냥 살아온 환경이 그를 그렇게 만들었을 뿐일 것이다.

여기 살라티가에 사는 많은 사람들이 교회를 다니고 있으며, 이 중에는 알게 모르게 들어온 이단들도 많이 있는 것 같다. 물론 현지 사람들은 그것이 무엇인지 모르고 전부인 것처럼 믿고 있지만 말이다.

종교의 자유와 공존을 느낄 수 있는 부분이 있다. 매일 밤

5시에서 6시 경이면 무슬림 사원에서 틀어주는 노래인지 무엇인지 모르는 것을 틀어주는데 마을마다 확성기를 설치하여 듣고 싶지 않아도 듣도록 하는 경우가 대부분이다.

이 시간이 지나고 나면 옆에 있는 교회에서 찬양연습 소리가 2시간 가량 지속적으로 흘러나오고 또 일요일 아침 6시면 다시 모스크에서 확성기로 소리가 퍼진다. 인도네시아 사람들의 대다수 종교가 무슬림이라고는 하지만 이곳 살라티가는 그렇지 않은 듯하다. 무슬림 기도시간이 지나면 자연히 찬양이 흘러나오는 것을 보면 말이다.

아직은 인도네시아어 실력이 미천하여 신문을 본다고 해도 전혀 이해 할 수 없지만 혹시나 아는 단어가 있을까 하고 구해온 신문에서 장애인과 관련된 냉의 기사가 지면 전체를 차지할 만큼 큰 기사가 난 것을 보았다.

대학생인 꼬스 친구들에게 인도네시아의 장애인 복지나 정책이 어떻게 이루어지고 있냐고 질문하면 아직은 장애인 복지에 대한 개념이 확실치 않은지 잘 대답을 못 해주는 것을 볼 수 있었다(아니면 나의 언어 실력이 부족해서 설명을 잘 못 했으리라 본다). 인도네시아에서 장애인과 관련된 정책이나 복지

서비스를 알고 싶었지만, 본의아니게 알 수 있는 방법이 없었는데 이렇게나마 신문을 통해서 보게 되니 기뻤다. 하지만 나의 언어실력 부족으로 인해서 따로 스크랩해두고 나중에 꼭 무슨 내용의 기사인지 여기에 적어 보도록 하겠다. 모르긴 몰라도 사진 상으로는 장애인 학교가 따로 있다는 것을 알 수 있었다.

언젠가는 현지인 친구가 나에게 왜 장애인 복지(장애인 취업 지원)라는 직업을 가지게 되었냐고 질문을 했다. 한국말로 해도 표현하기 어려운 질문이었지만 간단하게 축약해서 할 수 있는 말이라고는 '그냥 좋아서 하는 것'이라고 그게 전부라고 했다. 가만히 생각해보면 '그냥 좋아서 한다'가 가장 알맞은 답이 아닐까 한다. 이런저런 말 가져다 붙이는 것보다는 그냥 내가 좋으니깐 내가 하고 싶으니깐 힘들어도 장애인 복지를 하는 게 아닌가 한다.

어제는 다시 질문을 받았다. '장애인들 직업을 찾아 주기 위해서 다니면서, 장애인을 동정하지 않느냐?'라는 질문이었다. 사전 상으로는 동정이었지만 이 친구가 정확히 무슨 의미를 가지고 질문을 하는지 알 수가 없었다. 인도네시아

Hari Pertama Ujian Nasional SMP

Tak Ada Kejadian Luar Biasa

KERJAKAN SOAL: Dua dari tiga peserta ujian nasional SMP 1 Karanganyar mengerjakan soal-soal dengan serius.

Siswa SMP 1 Karanganyar Seragamkan Pensil

Selama UN, Siswa Dikarantina

Cekatan meski dengan Kaki

말이 서툴러서 설명하기 힘들다는 대답을 하고 넘어가긴 했지만 나중에 정말 인도네시아말로 표현할 수 있을 때는 내가 뭐라 답을 해야 하나 하고 생각해보았다. 과연 저 말에 담겨 있는 뜻이 무엇일까. '내가 장애인을 동정해서 그런 직업을 가지고 있나?' 혹은 '불쌍하게 생각하느냐?' 아님 '장애인을 채용하고자 하는 구인 담당자나 사장들이 장애인을 동정하고 불쌍하게 생각해서 일을 할 수 있게 해주냐?' 이런 뜻일까? 어떤 뜻으로 한 말일까?

장애인을 동정해야 한다? 안 해야 한다? 무엇이 정답일까? 나의 생각은 동정이 아니라 그냥 같은 사람이지만 그 사람의 특성에 맞는 적절한 회사를 찾을 수 있게 어시스트 할 뿐이라고 말해 주고 싶긴 한데…. 내가 설명하기엔 좀 부족한 것 같다.

외국인등록증 발급

2007. 4. 29~5. 2

　한국본부로부터 매달 사용할 생활비를 입금받기 위해서는 인도네시아 BII라는 은행에서 계좌 개설을 해야 했다. 살라티가에서 업무처리가 불가능하여 메단으로 가서 현지 스텝의 도움을 받아 키타스(외국인등록증)를 우선 발급받고 업무를 진행할 수 있었다.

　인도네시아 국내선은 빈번하게 연착되거나 늦은 출발을 자주 하기 때문에 중간에 경유(살라티카/스마랑-자카르타-메단)를 해야 하는 경우에는 시간적 여유를 가지고 비행기 표를 예매해야 한다. 이번 메단 방문 때도 자카르타에서 메단행

비행기가 2시간이나 늦게 출발해서 예상 시간 보다 늦게 메단에 도착했다.

　키타스는 일전에 싱가포르 가면서 미리 발급신청을 해뒀기 때문에 메단에 있는 이민국에 가서 몇 가지 확인 사인과 지문 채취 정도만 하고 빠른 시간 안에 발급 받을 수 있었다. 비행기 시간이 약간 맞지 않아 하루 정도 예약을 미루게 되었는데 수수료가 자그마치 비행기 값의 40%를 지불해야만 했다.

　키타스 발급을 받고 다음 날 은행을 찾아서 몇 가지 서류작성을 하고 인도네시아 은행 BII 계좌를 개설할 수가 있었다. 키타스(외국인등록증)와 은행계좌를 한국으로 보내기 위해서 지인분의 도움으로 한국인이 운영하는 리조트에서 잠깐 인터넷이 가능한 컴퓨터를 빌리기로 했다. 지금까지의 인도네시아 인터넷은 너무도 느리고 답답했는데 여기 리조트 규모가 워낙 큰 회사다 보니 우리나라의 인터넷과 별반 차이를 못 느낄 정도의 빠른 인터넷을 사용할 수 있었다. 신기해서 회사 직원한테 왜 이렇게 인터넷이 빠르냐고 물어보니 인도네시아 어디건 돈만 많이 지불하면 아주 빠른 인터넷을 사용할 수 있단다. 일반적으로 사용하는 인터넷을 가정에 설치하고 나면 한 달에 우리 돈으로 10만 원 정도를 사용료로 지불해야 한다. 인도네시아 일반 사람들의 평균 한달 월급이 우리 돈 15만 원이 못 넘어가는 것을 보면 10만 원이 얼마나 큰 돈인지 알 수 있을 것이다.

인도네시아에 온 지 한 달이 가까워지고 있다. 지난번 비자 발급 때도 그랬지만 이번 은행 계좌 개설과 키타스를 발급받으면서 영어에 대한 필요성을 다시 한 번 느끼고 있다. 단번에 인도네시아 말을 능숙하게 할 수 없기 때문에 영어가 너무나도 많이 필요하며 인도네시아어 공부를 하는 동안에도 영어가 많이 필요한 것을 알 수 있다. 한국에 있을 때는 '그냥 하면 되지 굳이 잘할 필요 있을까?'라는 생각과 꼭 필요하면 다양한 방법으로 의사전달만 하면 만사 오케이라는 식이었다. 그런데 인도네시아가 영어권이 아님에도 불구하고 영어의 필요성이 이렇게나 많이 부각될 줄은 몰랐다. 적어도 영어가 능숙하진 못해도 간단한 대화 정도는 가능해야 하지 않나 자책해본다.

저녁에 메단에서 가장 큰 쇼핑몰에 가게 되었다. 이곳에서 저녁 식사와 차를 마시며 꽤 많은 시간을 보내고 밤 11시 쯤 되어서 메단 사무실로 돌아가는데 그사이 비가 많이 내려서 도로 여기저기가 많이 잠겨 있는 것을 볼 수 있었다. 족히 30센티 이상 물에 잠겨 있는 곳이 빈번했다. 그럼에도 불구하고 사람들은 유유히 오토바이와 자동차를 이용해서 잘들 다니는 것을 볼 수 있었다. 불과 몇 시간 동안 몰아친 비로 인해서 도로가 마비 될 정도로 잠기기도 하지만 그만큼 배수시설이 잘 안 되어 있다고 할 수 있다. 물에 잠긴 도로는 다음날 살라티가로 떠날 때까지 지속되었다.

뒷골목 환전소

2007. 5. 19

환전을 위해서 은행이 아닌 뒷골목에서 개인이 운영하는 환전소로 향했다. 이곳은 은행보다는 높은 환율로 계산하기 때문에 대부분의 사람들이 개인 환전소를 많이 이용한다고 한다.

특이한 점은 미국 달러나 싱가포르 달러는 아주 깨끗해야 하며 접혀있는 흔적 또한 없어야 한단다. 그리고 화폐의 앞자리 넘버가 A나 C로 시작되면 더 높은 값을 주고, B로 시작되면 별로 좋은 게 아니란다. 그러나 인도네시아 화폐를 서로 주고받을 땐 구겨서 주기도 하고 대충 사용하는 경

향이 아주 크다.

　지폐를 지갑에 잘 넣어 펴서 거래하기 보다는 다들 하나같이 구겨진 상태로 주고받고 한다. 물론 다른 한편으로 깨끗이 사용하는 사람들도 많이 있다.

　다들 잘 알겠지만 동남아에 꼭 있는 두리안은 냄새가 아주 고약하다. 하지만 몇 번 먹다 보면 입에 짝짝 달라붙는다고 한다. 특히 여성들의 미용에 좋다고 알려져 있기 때문에 여성들에게 매우 인기가 좋다. 외국인의 경우도 호불호가 명확한데 남성보다는 여성들이 두리안을 비율적으로 더 많이 좋아한다고 한다. 현지 사람들이 계절을 이야기할 때 'musim durian(두리안이 나오는 계절)'이라는 말이 있을 정도이니 꽤나 이곳 사람들이 좋아하는 과일 중 하나다.

　열대 지역이다 보니 우리나라에 비해서 많은 종류의 과일이 있다. 처음 여기 왔을 때 듣도 보도 못한 과일이 많아서 전부 다 하나씩 사 먹어 볼 정도였다. 물론 계절에 따라 나오는 과일도 있고 1년 내내 나오는 과일도 있다. 식당에서는 꼭 메인(밥)과 음료를 함께 주문하는 게 통상적인데 이 과일주스들은 대부분 두세 가지 과일을 섞어서 만드는 경우가 많다. 현지에서 오래 지내지 못한 분들은 현지 물에 적응하지 못하기 때문에 얼음과 함께 주스를 마시게 되면 배탈 나는 경우가 종종 있기 때문에 웬만하면 얼음 없이 주스를 시킨다. 하지만 딱 하나 사탕수수를 기계에 짜서 주는 주스가 일품인데 여기에 얼음이 없으니 상당히 아쉬웠던 기억이 있다. 달짝지근하면서도 메론 맛이 조금 나는데 더운 날씨에 요거 한잔이면 현지인들은 힘이 난다고 하여 많이들 이용한다고 한다.

나를 눈뜨게 한 어메이징 인도네시아

용감한 인도네시아어

살라티가 생활이 한 달째 접어들고 있다. 인도네시아어 학교에서 Unit 1 통과를 위한 마지막 테스트를 무사히 마치고 4월 28일부터 Unit 2를 시작하게 되었다.

여기에서의 첫 일주일은 친구도 뭐도 아무것도 없는 상태였기 때문에 오로지 인도네시아어 단어 외우기와 언어 공부만을 미친 듯이 했다. 친구도 없고 컴퓨터도 없었기 때문에 내가 할 수 있는 것은 오직 공부와 먹고 자는 것이 전부였다. 일주일 동안에 꼬스^{kos} 친구들을 사귀고 같이 저녁을 사 먹기 위해 돌아다니면서 손짓, 발짓과 영어 단어, 인도네시아 단어 등 다양한 방법으로 무난하게 대화를 시도하면서 서로에게 적응해 갔다. 2주째, 3주째 접어들면서 여기 친구들과 노는 재미에 인도네시아어 공부를 조금은 등한시하게 되었다. 친구들과 대화할 때면 눈치껏 알아듣고 말할 때가 있는가 하면 한참을 설명해야 가능할 때도 있었지만 이 또한 언어공부의 한 가지 수단이자 방법이었다.

점점 서로에게 익숙해지고 있었기 때문에 우리들만의 대화 방법을 터득하는 것 같았다. 아직은 많이 부족했지만 우리나라 고시원 형태의 꼬스를 통해서 현지인들의 문화생활을 경험하고 느껴 볼 좋은 기회가 되었으며, 무엇보다 다양한 계층의 사람들과 이야기 나눌 수 있는 좋은 기회였다.

인도네시아어 공부를 시작한 것도 벌서 한 달이 지나가고 있다. 처음에는 무조건 생활에 필요한 단어만 찾아다가 외우고 또 외웠다. 그러다 보니 아는 단어들만 대충 조합해서 무난하게 생활할 정도까지 가능해졌다.

용감하게도 이런 실력으로 가고 싶은 곳이 있으면 가 보고, 쇼핑을 하고 싶으면 쇼핑을 하고, 먹고 싶은 게 있으면

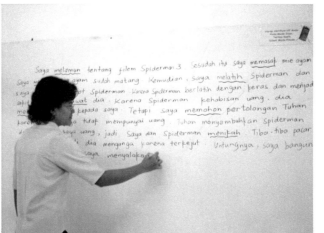

사 먹어보면서 그럭저럭 잘 적응하는 것 같았다. 하지만 이 놈의 언어라는 게 한계가 있다 보니 상당히 답답하다. 시간이 지나갈수록 난해하고 어렵다. 여기서 오랜 기간 언어공부를 하신 분의 말처럼 1~2년이나 몇 년 정도 언어교육을 받고 현지인들과 대화를 한다고 해서 이 나라의 언어를 완전히 구사한다고 자신 있게 말할 수 없다고 한다. 만약 자신 있게 이 나라 말을 할 수 있다고 말한다면 그건 그 나라의 언어를 모욕하는 거라고 하셨다.

간단한 생활 회화는 가능하겠지만 공식 석상에서의 프리젠테이션을 하거나 공문서를 작성하기 위해서는 정확한 문법과 생활회화가 적절히 잘 조합되어야 하기 때문에 좀처럼 힘든 게 아니다.

현지 친구들과 생활하다 보면 신기하게도 내가 문법과 상관없이 뒤죽박죽으로 막 이야기하면 처음에 잘 이해하지 못하지만 몇 번 대화가 반복되면 상대방이 적당히 이해하게 된다. 바로 이것이 무서운 함정이라 할 수 있다.

사람과 사람 간의 느낌을 통해서 몇 번 대화하다 보면 사람들은 금방 상대방이 무엇을 하고 싶어 하는지 무엇을 말하고자 하는지 이해하고 행동하고 답을 해주곤 한다. 하지만 처음 보는 사람들과 내가 하고 싶은 대로 문장을 구사하면 전혀 알아듣지 못한다는 것이다. 이렇게 되면 뒷일은 말하지 않아도 뻔할 것이다.

정확한 해석과 문장을 구사하진 못해도 인도네시아 사람이라면 누구나와 어려움 없이 대화가 통하면 좋겠는데 나의 잘못된 언어구사로 인해서 한정적으로 언어를 구사하게 된다면 이 얼마나 한탄스럽겠는가! 그렇기에 좀 더 열심히 언어에 매달리고 있지만 날이 갈수록 어렵다는 것을 느끼고 또 느끼곤 한다.

리어카

2007. 5. 13

등굣길에 부모님의 포차를 뒤에서 밀어주는 형제를 보게
되었다. 우리 부모님 역시 아직까지 시골 오일장 날이 되면
시장에 나가서 가판대를 펼쳐놓고 장사를 하시기 때문에
휴가 때나 혹은 시간 날 때 시골집에 내려가면 언제나 리어
카를 뒤에서 밀어드리곤 했다. 그리고 부끄럽지만 간혹 아
침잠을 이기지 못한 나머지 돕지 못하고 계속 잠을 자는 경
우도 있었다. 고생하는 부모님을 뒤로한 채 인도네시아로
오다 보니 많이 죄송하고 등굣길에 가만히 서서 눈시울이
붉어졌다.

　사진에서 보는 것처럼 작은 포장마차가 현지 사람들에게 인기 있는 직업이다. 여러 종류의 포장마차가 있으며 꽤 저렴하게 아침 한 끼를 해결할 수 있다. 많은 사람들이 포장마차를 통해서 생계를 이어가고 있으며, 포장마차를 식당처럼 생각하고 많이들 찾아 와서 사 먹는다. 나 역시 자주 이용하고 있으며 매일 아침이면 이러한 길거리 포장마차에서 소토야암이라는 닭수프를 먹고 등굣길에 나서곤 한다.

꼬스 화장실

2007. 5. 22

꼬스^{Kos}에서 내가 사용하는 화장실이다. 아무것도 없다. 그냥 변기와 물 받는 곳 그리고 바가지가 전부다. 조금은 비위생적으로 보일지 모르지만 오히려 간결해서 더 위생적으로 보일 수도 있을 것 같다.

아침마다 바가지를 이용해서 머리를 감고 세수하고 양치를 한다. 오후쯤 되면 샤워를 하기도 하는데 구조가 워낙 간단하다 보니 세수만 따로 하거나 머리만 따로 감기보다는 무조건 샤워를 하면서 한 번에 해치우는 경우가 다반사다. 볼일보고 난 뒤에 저기 있는 바가지를 이용해서 물을

퍼서 내려야 한다.

　간혹 현대식 좌변기가 설치되어서 편한 곳도 있지만 꼬스 같은 경우는 저런 식의 화장실이 방안에 따로 딸려 있거나 혹은 두세 명이 공동 사용할 수 있는 곳이 따로 정해져 있다. 여러모로 불편하긴 하지만 현지 적응에 도움되고 괜찮은 듯하다.

내 마음의 소토아얌

2007. 5. 23

아침 일찍 길가로 나가면 새벽부터 준비해 온 포장마차에서 소토아얌을 팔고 있다. 주로 아침 대용으로 많이들 즐기다 보니 아침 포차는 대부분 소토아얌이라고 보면 된다. 가게마다 조금씩 다르지만 대충 재료를 추가해 비슷하게 만든다고 생각하면 된다. 닭고기, 내장, 숙주, 콩나물, 라임을 기본 재료로 하고 약간씩 대충 판매자의 취향에 따라 만드는 것 같다. 이 닭 수프들은 대충 우리나라 돈으로 200원 정도 한다. 그리고 웬만한 음식에는 미원화학조미료이 많이 들어가는데 살라티가에서 다녀본 모든 포장마차에는 '미원'이라는 글이 적혀있는 그릇들이 많았다. 아마도 미원을 많이

사용하다 보니 회사에서 증정품으로 많이 나눠 주는 것 같다. 참고로 한글로 '미원' 이렇게 적혀있다.

여기 친구들과 항상 저녁을 먹다 보면 가격적으로 부담 없는 음식에 대해서는 누구 한 명이 그때그때 서로 사주기도 하고 사람 수가 많거나 가격이 부담되는 경우 적당히 나눠 내기도 한다. 우리 친구들끼리 밥 먹고 계산하는 것처럼 비슷한 정이 있다.

모르긴 몰라도 인도네시아 모든 지역의 작은 식당을 가게 되면 '뺑알맨'이라고 해서 주로 기타를 가져와서 한 명이나 두세 명이 몰려다니면서 노래를 하고 사람들에게 50원, 100원씩 받아 가고 안 주면 안 받아 가고 그런다. 그런데 중요한 것은 이런 사람들이 많기 때문에 밥 한번 먹을 때마다 꼭 두 번씩은 뺑알맨들이 찾아 들어오곤 하며 도로에서 신호 대기할 때도 도로 한가운데서 노래 부르고 돈을 구걸하기도 한다.

우리나라보다 팁 문화가 발달했기 때문에 어디 가게 앞이든 주차를 봐주는 사람들이 있다. 주변에 차들이 오는지

안 오는지 봐주고 차량통제를 해주는 사람으로 한 번 주차
하고 나갈 때마다 자동차는 100원, 오토바이는 50원씩이
다. 아무리 잠깐 차를 세워도 꼭 주고 가야 한다. 간혹 필
요가 없는 장소라 할지라도 항상 대기하고 있으며, 장사가
잘되는 곳일수록 사람이 더 많다. 간혹 돈을 안 주고 가는
사람을 보기도 한다.

족자카르타Yogyakarta 여행

2007. 5. 23~24

Unit 1을 마치는 기념으로 1박 2일간의 족자카르타 여행 길에 올랐다.

족자카르타로 갈 수 있는 트레블SUV을 예약하고 23일 오전 9시에 출발했다. 가는 길에 타이어 펑크가 나서 조금 늦어진 것과 차에 타고 있는 다른 일행들의 목적지까지 갔다가 우리가 원하는 목적지로 가느라 2시간 거리를 4시간에 걸쳐 도착하게 되었다. 지인을 통해 알게 된 코이카 출신의 현지대학교 한국어 교수님 집에 잠깐 방문하게 되었다. 교수님은 오래전에 코이카 단원으로 2년간 자카르타에서 자원봉사를 하고 인도네시아 남성과 오랜 교제 끝에 결혼하고 족자카르타에서 정착하고 살고 계셨다. 남편분의 도움으로 족자에 있는 호텔에서 무난하게 방을 잡을 수 있게 되었다.

숙소에서 짐을 풀고 잠시 쉰 다음 족자에서 유명하다는 바틱 시장으로 향했다. 여기서 바틱은 인도네시아 말로 천면, 옷감 등을 뜻하는 것으로 천 시장이긴 하지만 우리나라 남대문 시장 격이라고 할 수 있다. 인도네시아의 전통 목각들과 옷감들이 즐비하며 그 외에도 여러 가지 물건들을 팔곤 한다. 다들 비슷비슷한 물건을 한곳에서 떼오는지 어디 가게를 가도 가격의 하한선이 정해져 있으며 외국인들이건 내국인들이건 무조건 비싸게 물건을 불러놓고 깎으라고 선수를 치는 경우가 허다하다. 만약에 주인이나 점원이 부른 대로 돈을 주면 좋은 것이고 깎으면 최고 하한선까지만 깎아 주고는 한다.

플라브, 메단, 살라티가 등 몇 군데의 인도네시아 시장을 이미 둘러보았기 때문에 그렇게 신기할 것이 없어 보였다. 인도네시아 전통시장을 처음 방문했다면 유익한 관광이 될 수 있겠지만 비슷한 시장을 자주 다니다 보니 특별히 관심

가는 부분은 없었다. 대략 저녁 7시에 바틱 시장이 정리되는 것을 보고 시내에 있는 까르푸로 가게 되었다.

한국에서 넘어올 때 노트북 없이 넘어오게 되었는데 생활을 하다 보니 여간 불편한 게 아니었다. 무엇보다 집에 있을 때 할 수 있는 게 공부와 성경 읽기 외에는 전혀 없었기 때문에 노트북을 하나 구입해야겠다는 생각을 하고 오게 되었다. 인도네시아라고 해서 조금 더 저렴하게 구입할 수 있지 않을까 했는데 막상 둘러보니 우리나라와 별반 다를 게 없었다.

까르푸를 열심히 둘러보다 일본의 T사 제품을 특가 세일하는 것을 보고 한참을 고민하다가 내가 가지고 있는 인도네시아 BII ATM 카드로 결제할 수 있는지 문의를 하니 가능하다고 한다. 그래서 결심하고 저질렀다. 그런데 중요한 건 된다고 하던 결제가 안 되는 것이었다. 체크카드 한도가 너무 낮게 설정되어 있어 매장 점원의 도움을 받아 BII 은행 고객센터로 전화를 걸어 해결을 보고 구매를 할 수 있었다.

나를 눈뜨게 한 어메이징 인도네시아

족자를 간 목적은 여행이었지만 노트북에 큰돈을 지출하게 되어 잘한 것인지 못한 것인지 어리둥절하면서 숙소로 향하게 되었다.

꼬스Kos에서 지내는 동안에는 우리 돈으로 200원, 500원, 1,000원 정도의 밥을 먹고 살았는데 이상하게 여행을 오게 되니 비싼 것만 먹게 된다. 한국식당을 찾아가서 우리 돈 7,000원가량의 밥을 먹고 숙소에서 10,000원짜리 햄버거를 시켜 먹었다. 대충 한달 조금 못 되는 밥값을 하루 만에 지출하게 되었다.

그래도 오랜만에 한국 음식이 입속으로 들어가니 한 달간의 스트레스가 풀리는 기분이었다. 오랜만에 너무 맛있게 한국 음식을 먹어보니 왠지 모를 보람까지 느껴지는 듯했다.

족자에서의 첫날은 바틱 시장과 까르푸에서 보내고 둘째 날 아침은 역시나 호텔 조식으로 맛있게 먹고 족자 왕궁으로 출발했다. 왕궁에는 현재 9대에 이르는 역대 왕들에 대한 개인 소장품과 개인별 취미 같은 소소한 것까지 소개하는 관람실이 있었다. 아직까지 국왕이 존재하고 나름대로 사회공헌활동을 하고 있으며 족자에 거주하고 있다고 한다. 왕궁에서 일하는 사람들이 많아 보였으며, 지난 족자 지진으로 인해서 건물 한 동이 전부 무너지고 곳곳의 유리 보호막들이 부서져 있는 것을 볼 수 있었다. 왜 빨리 보수하지 않고 아직도 이렇게 두냐는 질문에 아직 많은 사람들의 집이 보수되지 못했기 때문에 족자 시민들의 집들이 보수가 끝이 나면 마지막으로 궁을 보수 할 것이라고 한다. 참 좋은 생각인 듯하다.

족자 왕궁을 뒤로하고 세계 7대 불가사의 중 하나인 세계 최대 크기의 불교사원 보로부두르로 향하였다.

보로부두르사원

2007. 5. 24

보로부두르사원은 웅장하면서도 위엄이 느껴진다. 사진에 보이는 곳은 사원에서도 제일 높은 층에 위치한 탑으로 외부 조각상 안에 별도로 불상이 조각되어 있다. 1층과 2층의 불상들은 각기 다른 손 모양을 하고 있는데 그것은 윤회와 자비 등 불교 정신을 담아 놓은 것이라고 한다. 사원의 벽을 보면 1층부터 위층까지 석가의 탄생에서부터 죽음에 이르기까지의 여정이 장엄하게 담겨 있고 윤회에 대해서도 조각되어 있는 것을 볼 수 있었다. 현지인 가이드의 설명을 통해서 보로부두르사원이 나타내고 있는 불교 정신을 잘 알 수 있었다.

족자카르타에 있는 동안 간간이 한국 사람을 볼 수 있었다. 간혹 드는 생각이지만 우리나라 사람은 세계 어디를 가도 다 있다는 것이 참 신기할 따름이다. 인도네시아의 믈라브, 메단, 살라티가, 족자카르타에 한국 사람이 이렇게 눈에 잘 띌 줄은 정말 몰랐다. 우리나라 인구에 비례해서 정말 많은 사람이 세계 구석구석에 있지 않나 하는 생각이 든다.

GNI로 보내는 보고서

2007. 5. 25

　인도네시아 현지 사업장인 플라브 지역에 첫발을 디뎠을 때 나를 반긴 것은 거 무엇도 아니 바로 강인한 햇살과 여름날 장마와 같은 습함이었다.

　현지 언어 연수를 가기 전 짧게나마 4일간의 GNI 현지 사업장에서 추진 중에 있는 지하수 개발을 통한 식수탱크 설치와 지역주민을 대상으로 운영 중에 있는 직업훈련학교 등을 다녀 볼 수 있었다. 대부분 지역 중심에 있는 관공서와 초, 중, 고등학교에 주로 식수대가 설치되었다. 학교 위주의 식수대 설치는 아무래도 GNI의 아동권익사업과 연결되

는 부분이기도 하다. 식수대에 붙어 있는 대한민국의 태극기와 굿네이버스의 이미지를 현지 어린이들이 보고 자라면서 한국에 대한 좋은 이미지, GNI에 대한 긍정적 이미지를 고취시키고자 하는 것 같다. 어린이들이 대한민국이 어디에 있는 나라인지 그리고 GNI가 무엇인지 NGO가 무엇인지 확실한 개념은 없겠지만 이후에 성인이 되었을 때 '어릴 적 내가 뛰어놀던 플라브에서는 한국의 NGO 단체인 GNI에서 나와 함께 했었다'고 기억할 것이다.

나는 다시 한 번 생각한다. 인도네시아에서의 1년이 결코 쉽지 않겠지만 그만큼의 가치가 있다는 것과 단순한 성취감이 아닌, 내가 아닌 다른 이들의 희망이 될 수 있고 더 큰 꿈이 될 수 있다는 것을.

살라티가 현지인이 운영하는
태권도 도장

2007. 5. 27

그동안 연습하지 못한 태권도를 위해서 살라티가에 몇 안 되는 태권도 도장을 찾아 나서게 되었다. 한참을 헤매다가 포장마차 주인에게 태권도 도장이 어디 있는지 물어보니 옆에 있는 주차요원에게 다시 물어보고 주차요원은 주차되어 있는 차 주인에게 물어보는 것이었다. 외국인이라 그런지 아니면 원래 그런지 간혹 길 다니다 질문을 하면 아주 적극적으로 자기 일처럼 잘 답해주는 경우를 자주 보게 된다. 세 명이서 열심히 이야기를 나누면서 나에게도 뭐라 물어보길래 답할 수 있는 것만 답을 하고 모르는 것은 그냥

웃으며 넘겼다. 일단 차주가 자기가 아는 곳이 있으니 자기 차로 데려다 준다기에 이걸 타야 하나 말아야 하나 고민을 잠시 했다. 인도네시아에는 좋은 사람이 많이 있는 반면에 간혹 나쁜 사람들이 있을 수 있다고 항상 조심해야 한다고 교육을 받았기 때문에 잠시 머뭇거리다 따라가기로 했다. 우선 내가 사는 꼬스와 가까운 곳을 찾아보았으나 찾을 수 없었고 차주가 아는 곳으로 향했다.

　꼬스에서 대략 30분 정도 거리에 위치한 태권도 도장에 도착하니 주변에 도복 입은 아이들이 있었다. 반가운 마음에 아이들에게 물어보니 매주 일요일 오전 8시부터 10시까지 하루만 한다고 한다. 도착한 시간이 10시 30분이어서 태권도 사범님도 만날 수 없었다.

　일주일이 지나고 태권도 시간에 맞추기 위해 아침 7시에 나와서 도장으로 향했다. 두 명의 사범님이 있었는데 그중 한 명은 한국에서 외국인 근로자로 3년가량 일을 하고, 2006년 3월에 인도네시아로 돌아왔다고 한다. 지금은 농사를 본업으로 하고 있긴 하지만 일주일 동안 여러 지역을 돌아다니면서 아이들을 가르치고 있다고 한다.

　한국에서 자원봉사를 위해 인도네시아에서 왔으며, 한 달 후에 블라브 지역으로 가서 아동들을 대상으로 태권도 교육 및 관련 지역개발사업을 진행할 예정임을 설명하고 한 달 정도 같이 훈련하고 배우기로 했다. 블라브에 도복을 두고 왔기 때문에 사범님의 도복 또한 매주 일요일에 빌려서 입기로 했다. 이후로 살라티가를 떠나기 전까지 4회~5회 정도 도장에 나가서 같이 아이들도 가르치고 사범님이 헷갈려 하는 품새도 수정해주기도 했다. 중요한 건 굳어버린 내 몸을 스트레칭 하면서 발차기 하다가 오른쪽 골반에 무리가 오는 바람에 상당히 힘들게 운동을 해야 했었다. 평소에 꾸준히 몸 관리 못한 것이 한탄스러웠다.

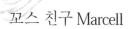

꼬스 친구 Marcell

2007. 5. 30

꼬스에 있는 동안 가장 친한 친구가 적어준 내용이다.

nama saya marcell, saya punya teman dari korea bernama mulia, suka makan kacang bawang dan yang wanita bernama cantika, semua berhati baik. saya pertama kali bertemu di kost pada bulan April.

(저의 이름은 Marcell입니다. 저의 한국 친구 이름은 Mulia이며, 땅콩 먹는 것을 좋아하고, 한국에서 온 또 다른 친구의 이름은 Cantika입니다. 저는 Mulia를 4월에 처음 꼬스에서 만나게 되었습니다.)

내가 Marcell에게 인도네시아 말을 배우는 동안에 Marcell도 나에게 한국말을 배우곤 한다. 이럴 때면 항상 느끼는 것이지만 한국어는 정말 어렵다. 어떻게 설명해줘야 할지 난감할 때가 많이 있다. 설명하기 어렵거나 막히면 인도네시아 말이 부족하고 영어도 부족하여 다음에 실력이 많이 쌓이면 가르쳐 주겠다고 둘러대고 넘어가곤 했다.

여기 오면서부터 간혹 생각해본다. 인도네시아에서 내가 무엇을 가져갈 것이며, 내가 무엇을 위해서 여기에 왔는지 그리고 나 아닌 다른 한국 사람들은 왜 여기까지 왔는지….

참 신기할 따름이다. 지난 한달 반 동안 정말 많은 변화가 생겼으며, 그동안 생각지도 못한 많은 경험을 하게 된 것 같다.

집 나가면 고생이라는 것을 잘 알면서도 여기 살라티가에는 여러 선교사님 가정들과 코이카자원봉사단, 인도네시아에서 사업을 운영하는 한국인 부부 등 다양한 이유로 많은 한국 사람들이 정착하고 살고 있다. 나 역시 잠깐이긴 하지만 인도네시아어 공부를 위해서 머무르고 있다. 한국보다 많이 더운 데다 습하기도 하다. 무엇보다 생활문화 자체가 다르기 때문에 현지 주민들과 어울려 살기가 생각보다 쉽지는 않다. 그리고 때에 따라 아프기까지 하면 정말 난감하다고 한다. 아무리 언어공부를 많이 해도 의사들이 이야기하는 전문적인 단어나 병원 생활 자체가 다르기 때문에 한국으로 가고 싶은 마음이 많이 들기도 한단다. 하지만 아픈 상태로 비행기를 타고 한국까지 가는 것도 만만치 않은 일이기도 하다. 이렇다 보니 한국이 아닌 외국에서의 생활은 우리가 생각하는 것 이상 힘든 일인 것 같다.

나는 어릴 때부터 부모님을 따라 열심히 교회를 다녔다. 시골 교회에서 운영하는 유치원을 친형이랑 같이 손잡고 다니기도 했었다. 내가 어릴 때 우리 가족은 경제적으로 여유롭지 못했다. 초등학교 때까지 작은 구멍가게에 딸린 방두 칸짜리 집에서 5명의 가족이 알콩달콩 살았다. 그러다형과 내가 연탄가스에 중독되자 부모님께서 큰 빚을 지고방 4칸에 마당이 있는 주택으로 전세를 얻어 이사하게 되었다. 그런데 몇 년 살다가 지역에서 꽤 이름 있는 기업이부도나면서 집주인이 경제적으로 타격을 입게 되는 바람에급하게 전세를 빼고 다른 곳으로 이사해야 하는 상황이 발생하게 되었다. 그런데 이때 전세금이랑 이사할 집이랑 뭔가 잘 맞지 않아 한동안 이전에 살던 작은 집으로 옮겨야할지도 모르는 사항이 생겼다. 그때가 아마도 중학교 1, 2학년 정도다.

어린 마음에 이전에 살던 집으로 다시 가기 싫어서 나름 열심히 교회에서 기도했다. 그렇다고 그렇게 오래 한 것 같지는 않다. 지금 대략 생각나는 부분은 이러하다. '하나님 지금 우리 가족이 예전의 작은 집이 아닌 다른 집으로 이사하게 된다면 제가 주님을 위해서 무언가 꼭 하겠습니다. 나의 능력이 부족해서 목사나 선교사는 못해도 꼭 다른 것을 하겠습니다. 돈을 많이 벌어서 헌금을 많이 하든지, 아니면 지금 당장은 무엇이 될지 모르지만 무엇인가 꼭 주님을 위해서 할 테니 지금 우리 가족을 이전의 집이 아닌 다른 집으로 이사하게 해주세요'라고 기도한 것이다. 어린 마음에 아무것도 모르고 다짜고짜 기도한 게 아닌가 싶다. 그렇게 해서 우리 가족은 주님이 준비하신 다른 집으로 이사하게 되었고 지금도 부모님은 그 집에서 잘 살고 계신다. 모르긴 몰라도 그때 나의 기도로 인해서 지금 이 자리에 온 게 아닌가 한다.

너무도 어린 마음의 순수한 기도였지만 얼마간은 그 기도를 기억하고 있었다. 그러다 시간이 지나 까먹게 되었다. 하지만 지금 다시 생각난 것이다. 그래서 난 그것으로 인해 여기에 온 게 아닌가 한다. 그것도 어릴 적에 배워둔 태권도가 빌미가 되어 이 땅에 내가 서게 될 줄은 몰랐다. 주님의 계획하심이 얼마나 큰지 나는 아직도 모르고 이제는 알려고도 하지 않는다. 나중에 시간이 지나고 나서 '아, 이게 이런 거였구나!' 하고 감탄할 뿐이다. 그리고 지금 이 땅에서 내가 배우고 있는 인도네시아 언어와 내 주변에 많은 선교사님들을 보게 하시고 있다. 분명 이 모든 것을 보고 배운 나에게 분명 또 다른 계획을 하고 계실 것이다. 나는 이제 그것이 무섭고 두려울 뿐이다.

Marcell의 애마
2007. 5. 29

    인도네시아에는 우리나라의 자동차처럼 집집마다 두세 대 혹은 한 대씩 꼭 마련하고 사용하는 것이 오토바이이다. 대중교통이 있긴 하지만 그렇게 편하지도 않고 짧은 거리의 경우는 타기도 애매하다. 워낙 더워서 그런지 한국에서는 걸어 다녀도 될법한 거리인데 여기네 사람들은 너무 멀다고 꼭 오토바이나 버스를 이용해야 한다고 생각하는 것 같았다(여담이지만 우리도 가까운 거리를 귀찮아서 무조건 자동차를 이용하는 걸 보면 어딜 가나 사람의 습관이나 귀차니즘은 똑같다).

    살라티가에서 항상 같이 다니는 꼬스 친구가 소유하고

있는 오토바이는 고물처럼 보이는 아주 작은 오토바이지만 아주 유용하게 사용하고 있다. 여기에 성인 두 명이서 구겨 타고 다니면 사람들이 쳐다보고 피식 웃고 그런다. 어디를 가나 주차장은 아니지만 그냥 가게 앞에 오토바이를 대거나 자동차를 대고 잠시 일을 보고 오면 꼭 오토바이는 여기 돈으로 500루피아, 자동차는 1,000루피아를 지불한다. 근데 한번은 친구와 이 오토바이를 타고 가게에 갔다가 일 보고 나와서 친구가 돈 주려고 하니깐 오토바이를 보고는 안 받아도 되니깐 그냥 가라는 경우도 있었다. 폐차 직전의 오토바이가 너무 안쓰러웠는지 약간의 동정심이 발동했나 보다. 사실 이 친구는 공장을 두 개가 가지고 있는 중국계 인도네시아인으로 꽤 잘 사는 친구인데 왜 다른 친구들처럼 좋은 자동차나 오토바이를 안 타고 이걸 타고 다니냐 물어보니 오래전부터 타고 다닌 오토바이라 그냥 계속 탄다고 한다(사실 내가 지내고 있는 꼬스에는 남자 대학생들이 여러 명 있다. 이 친구들은 전부 중국계 친구들로 부모님들이 경제적으로 넉넉해서 다들 자동차를 가지고 다니거나 좋은 오토바이를 가지고 다니면서 주말에는 인근 도시에서 밤 문화를 즐기거나 호텔에 놀러 다니는 친구들이다).

나를 눈뜨게 한 어메이징 인도네시아

슬럼프

2007. 6. 07

요즘 들어 글 적기가 싫어지고 있다. 다양한 이야깃거리가 있어도 귀차니즘에 빠져 어쩔 수 없다. 일주일째 힘이 없다. 매일 아침이면 비타민도 먹고 밥도 먹고 상쾌하게 학교에 가지만 학교에서 조금만 있다 보면 금방 힘이 빠지고 기운이 없다. 꼭 아픈 사람 같기도 하고 무엇보다 나의 표정이 굳어 있다는 것을 나 스스로도 느낄 정도다.

내가 싫어하는 사람의 유형이 감정 기복이 심하고 기분을 종잡을 수 없는 사람들인데 요즘 내가 그런 게 아닌가 싶기도 하다. 별 이유 없이 컨디션이 안 좋은 상태가 일주일 넘게 이어지고 있다. 꼭 우울증 걸린 사람처럼 매사에 힘이 없고 잘하던 공부도 하기 싫어서 학교 과제도 거우 해서 갈 정도이다. 점점 신경질적으로 변하는 것 같기도 해서 이러면 안 되는데 하고 계속 마음을 다잡아 보지만 그게 싫지가 않다.

항상 아침 일찍 일어나서 샤워하고 아침 먹고 성경도 좀 읽고 잘 모르는 신문도 좀 보고 규칙적으로 행동했는데 점차 성경도 싫고 인도네시아 단어 외우는 것도 싫고 그냥 무기력함에 지배당하고 있는 느낌이다. 곰곰이 생각을 해봐도 특별한 이유가 없다. 적당히 의사전달이 가능할 정도의 인도네시아 생활 회화가 가능해졌고, 그래서인지 생활에도 별로 불편함이 없다. 여기 친구들과 놀러 다니고 DVD 영화도 빌려보고 하는데….

나 스스로에게 왜 이런 문제가 발생하는지 생각해 보면 아무래도 이제 너무 익숙해지는 게 아닐까 한다. 주변의 것들이 눈에 들어오고 긴장감이 풀리면서 여기 생활에 어느 정도 적응하면서 걱정이 없어지고 매일 같은 일상 속에서 벌써부터 지쳐 버린 건지도 모르겠다. 더운 날씨와 타 문화

에 적응하며 살다 보니 기운이 이제 다 소진되었다고 볼 수 있다. 이것을 어떻게 하면 다시 채워서 활기찬 생활을 할 수 있을지 나도 잘 모르겠다. 그냥 며칠 집에서 쉬어 볼까 생각이 들기도 한다.

나 아닌 다른 한국 사람들은 여기에서 어떻게 몇 년씩 혹은 몇 달씩 잘 지내는지 참 신기할 뿐이다. 어쩌면 내가 배부른 소리 하는 것인지도 모른다. 자원봉사하러 왔으니 어떻게 하면 잘할 수 있나 생각하고 준비하면 될 것을, 이렇게 힘없이 무료하게 시간을 보낸다는 것은 배부른 소리일 것이다.

한 줄기 빛과 같은 한국 음식

2007. 6. 11

지난 2주간 무기력함이 조금씩 사라지고 정상적인 생활로 돌아가고 있음을 몸에서 느끼고 있다. 다른 날과 다르게 오늘은 수업도 잘 듣고 활기차게 하루를 보낸 듯하다. 이런 느낌이 얼마 만인지 모르겠다. 지난 토요일 하루를 집에서 먹고 자고 컴퓨터 하고 성경 읽고 다시 먹고 자고만 했다. 집에서 먹고 놀기만 한 것이 아이러니하게도 효과를 본 것 같다.

인도네시아어를 전문적으로 공부할 수 있는 학교에서 알게 된 홍○○ 선교사님의 점심 식사 초대로 인해서 오랜만

에 한국 음식을 맛볼 수 있었다(타국에 혼자 나와 있다는 이유로 자주 불러서 맛있는 음식들을 사주시는 고마운 분들이다).

　타국에서 한국 음식을 맛볼 수 있다는 것은 스트레스를 이겨 낼 수 있는 큰 힘이 된다. 선교사님께서 현지에서 알게 된 초등학생 중에 양쪽 다리와 팔이 태어날 때부터 없어서 어렵게 생활하고 있는 친구를 알게 되었다. 이 친구를 도와주고 싶은 마음에 인도네시아 내에서 어떻게 도움을 줄 수 있는지 알아보는 중인데 여러 가지로 어려움이 많다고 한다. 우리나라 장애인 복지나 정책과 관련하여 궁금해하셔서 자세히 설명은 드렸지만, 정작 인도네시아 내에서는 별다른 도움을 줄 수 없어 안타까웠다.

마지막 일주일

2007. 6. 14

여기 살라티가에서의 언어 연수가 일주일 남았다. 나도 모르는 사이에 훌쩍 지나가 버린 듯하다. 두 달이라는 시간이 빠르게 지나가고 많은 것을 느끼고 배우는 시간들이었다.

7월부터 시작될 활동들에 대한 기대와 블라브 지역의 고온다습한 기온으로 인한 걱정이 산더미 같다. 한편으로는 사람 사는 게 다 같은데 뭘 먼저 걱정하나 싶기도 하고 사람인지라 괜한 걱정을 하기도 한다. 앞으로 얼마 남지 않은 기간 동안 잘 준비해서 혼자만의 시간을 즐겨야겠다. 블라브로 갈 날이 다가와서인지 하루하루가 엄청 빨리 지나간다. 하루를 시작하기 위해서 눈을 뜨면 그사이 다시 저녁이 되어 내일을 준비하는 느낌이다. 한국이나 인도네시아나 하루가 빨리 지나가는 건 마찬가지다. 두 달 동안 익숙해졌던 살라티가 친구들과 한국 사람들을 뒤로하고 새로운 삶의 터전인 믈라브에서 다시 인도네시아 친구들을 사귀고 함께 할 시간들이 기다려진다.

살라티가에서의 60일은 처음과 끝이 많이 다르다. 처음 살라티가에 정착했을 때의 두려움과 설렘은 모두 사라지고 끝을 향해 달리는 지금은 또 다른 기대와 아쉬움으로 생각들이 많아진다. 새로운 만남과 새로운 환경에 대한 익숙함은 또 다른 시작을 알린다. 익숙해져서 안주하기 시작하면 또 다시 떠나 새로운 곳에서 익숙함을 연습하곤 한다. 인도네시아에서의 첫 달은 별 탈 없이 잘 적응해야 한다는 스트레스로 많이 긴장하며 생활했지만 이제는 여기 생활에 익숙해져서 잘 다니는 걸 보면 앞으로 있을 변화에 대해서는 그렇게 무섭지도 힘들 것 같지도 않다는 생각이 든다. 변화에 적응하는 동물답게 우리 사람은 왜 이렇게도 잘 적응하고 나름 자기만의 삶을 잘 만들어 가는지 모른다. 이제 조금 살만해졌다고 이 땅의 대부분을 차지하는 무슬림에 관심을 가지기도 한다. 기독교와는 어떻게 다른가? 기도는 어떻게 드리는가? 그들의 종교관습은 무엇인가? 무엇을 위해서 저렇게 열심히 하는가? 어떻게 해서 전 세계 구석구석 이렇게도 잘 들어와 있는 것일까? 하는 크고 작은 궁금증이 피어오르곤 한다.

사람은 참 간사한 것 같다(아니면 나만 간사한지도 모른다). 그동안 많은 경험을 하면서 나름 인도네시아에 대해서 알 만큼 알고 경험해 볼 수 있는 만큼 했다는 생각이 들기도 한다. 여기서 겨우 두 달 지내고 이런 생각이 들다니 밀이다. 단지 본업인 자원봉사를 본격적으로 하지 못한 것 빼고는 대부분의 문화생활을 즐겨보고 경험한 것 같다. 그래서 집에 가고 싶다는 생각이 잠깐 들기도 한다. 앞으로 10개월 동안 지낼 플라브에서의 생활에 눈에 훤히 그려진다. 여기에서의 여유로움과 선선한 날씨가 플라브에서는 전혀 없이 고온다습한 날씨로 굉장한 스트레스를 받을 것이고 내가 좋아하는 인터넷도 힘들 것 같다는 생각이 들고 한국 음식이나 한국 사람은 극히 드물 것이다. 아니 없을 것이다. 여기 살라티가에서도 낮에는 워낙 덥다 보니 조금만 움직여

도 힘이 없고 거리를 다니기가 싫다. 아, 역시 두려운가보
다. 새로운 환경에 대한 적응과 생활패턴의 변화가 나에게
나도 모르는 불평과 편견을 가지고 오는 것 같다.

작별을 고하는 살라티가

지난 글을 적고 10일 만에 다시 글을 적다 보니 조금 어색하다. 오늘은 두 달간의 언어 연수를 마무리하는 시험을 치고 성적표를 받았다. 이로써 이곳 살라티가에 온 목적이 끝이 나게 되었다. 7월 4일이면 다시 스마랑과 자카르타를 경유해서 메단으로 갈 것이며 7월 7일이면 경비행기를 이용해서 다시 블라브 지역으로 날아가서 본격적인 사업을 진행하게 될 것이다.

보통 이런 날엔 감회가 새롭다고들 말할 것이다. 그래서 나도 감회가 새롭다고 말하고 싶다. 9단계까지 있는 언어

연수 학교에서 두 달 동안 2단계까지만 마무리를 하고 이제 플라브로 가게 된다. 그동안 인도네시아어라고는 인사만 겨우 할 줄 알았는데 지금은 먹고사는 데는 지장 없을 만큼 조금 할 줄 알게 된 듯하다. 두 달 동안 장족의 발전을 하긴 했는데 지금 이상의 수준으로 실력이 올라 갈 수 있을지는 미지수다. 나름 한다고 했지만 언어라는 건 항상 어려운 것 같다. 처음 시작은 잘 나가지만 조금만 지나면 지치고 힘들어지기 때문에 항상 곤란해진다. 비록 두 달 배운 인도네시아 말이지만 내가 영어를 이정도라도 구사할 수 있음 얼마나 좋을까 하는 생각이 든다. 아무리 생각해도 나는 영어를 너무 못하는 듯하다.

정확하게 두 달 하고 보름 정도의 살라티가 생활을 마치고 주변 정리를 하고 있다. 빌려온 물건은 챙겨 돌려주고 월별로 계산하는 방값은 자투리 4일을 어떻게 해결해야 하나 고민도 해본다. 주인아주머니께 물어보니 이미 내 방으로 다음 달부터 들어오기로 한 사람이 있다고 한다. 일단은 그 사람에게 4일 날 들어오는 것은 어떻겠냐고 물어본다고는 하는데 어떻게 될지는 모르겠다. 만약에 안 되면 친구 방에서 며칠 살다가 여기를 떠나야 할 듯하다. 그리고 여기 살라티가에서 통상적으로 한 달에서 하루라도 더 살게 되면 그달의 방값을 지불해야 한다고 한다. 아니면 보름치 방값을 지불하는 것이 일반적이고, 날짜 계산으로 방값을 지불하지는 않는다고 하니 고민이다.

지난 두 달간 살라티가에서의 경험들을 언제 또 해볼 수 있을까. 나중에 돈을 많이 벌어서 사업상 투자를 위해서 오거나 혹은 단순히 여행으로 외국에 나간들 단순히 관광만 하지 지금처럼 한 나라의 도시 안으로 들어와서 언어 연수를 시작하고 현지 언어 한마디 못한 채로 고시원 형태의 집에서 현지 대학생들과 어울려 이 나라의 생활을 배우고 문화를 이해하고 조금씩 말을 배워가는 이러한 경험들을 어디서 어떻게 할 수 있단 말인가.

한 나라의 문화를 익히고 그 도시를 익히고 생활 습관을 익히고 음식에 적응하고 입맛에 맞는 음식을 찾아다니고 인터넷을 하기 위해서 별 짓을 다 하고 무료함을 달래기 위해서 안 하던 행동을 해보는 등 여러 가지 많은 경험을 하게 되었다. 그 중에서도 하나님과의 친밀해지는 시간을 만들며 기도하지 않다가 기도 하게 되고 읽지 않던 성경을 소설 읽듯이 재미있게 읽는 것을 보면 제일 큰 변화이면서 제일 바람직한 변화가 아닌가 한다.

메단으로 가기 위해서 여행사에서 비행기 표를 알아보았다. 저번에 메단 다녀올 땐 우리 돈으로 왕복 14만 원이었는데, 이번에 편도로 가는데 11만 원 달라고 한다. 세상에 무슨 비행기 값이 이렇게 오를 수 있나 싶다. 지금 방학 시즌이라서 비행기 값이 올랐다고는 하지만 너무하다.

비행기 값이라는 것이 빨리 산다고 저렴한 것도 아니란다. 그냥 그때에 비행기 표 사는 사람이 많이 몰리면 가격이 올라가고 며칠 후에 다시 표 사는 사람이 별로 없으면 가격대가 다시 내려가곤 한단다. 그래서 자주 알아보고 쌀 때 잘 맞춰서 비행기 표를 구입해야 한단다.

바틱공장 솔로

2007. 6. 28

인도네시아 전통의상에는 바틱 문양이 들어간다. 저렴한 옷들은 공장에서 프린팅해서 만들지만 그렇지 않고 전통적인 방법으로는 사람이 손으로 염색가공을 해서 바틱 문양의 옷감을 만들어 전통의상을 만들어 낸다. 인도네시아 사람들은 이 전통의상을 일상적으로 편하게 착용하고 다닌다. 살라티가에서 한 시간 거리의 솔로라는 도시가 있는데 이 도시는 바틱으로 유명한 도시이다. 살라티가에 있는 동안 잘 챙겨주시고 돌봐주신 선생님의 도움으로 솔로에 있는 바틱 공장으로 견학을 가게 되었다. 넓은 홀에서 많은 사람들이 앉아 손으로 직접 양초파라핀을 이용해서 문양을

그리기도 하고 나무로 목각 같은 것을 만들어서 도장처럼 찍어내기도 한다. 주로 도장 찍는 작업 남성들이 많이 하고 손으로 그리는 작업은 여성분들이 많이 하는 것 같았다. 내부가 깔끔하긴 하지만 염색약 냄새와 양초 냄새로 인해서 조금 힘들긴 하지만 그래도 장인정신을 엿볼 수 있는 곳이었다. 이곳에는 공장과 함께 매장도 같았는데 현대화시킨 전통의상도 있고 옛것을 그대로 만든 바틱도 있었다. 가격대가 워낙 다양하고 고급 바틱 옷감이나 전통의상은 상상을 초월할 만큼의 비싼 가격이 붙어 있기도 했다. 공장견학을 한 기념으로 현대화시킨 전통의상을 구매해서 잘 입고 다녀봐야겠다.

공포의 SUV 비포장도로로 15시간을 가다

2007. 7. 04

    살라티가에서 마지막 밤을 보내고 이곳 메단에 도착했다. 항상 예정 시간 보다 늦게 출발 하는 인도네시아 국내 비행기가 오늘따라 예정 시간에 딱 맞춰 출발 하고 오는 동안 경유지에서는 20분 빨리 출발하기도 했다. 국내선 작은 비행기다 보니 좁은 의자에 앉아서 오는 건 어쩔 수 없이 힘든 비행이었다.

    항상 느끼는 것이지만 메단이나 블라브는 너무 더운 것 같다. 우리나라의 열대야가 365일 지속되는 느낌이다. 샤워를 하고 나오면 딱 1분 시원하고 다시 몸에서 땀이 나기 시작한다. 지난 달부터 시작된 정전은 여전히 하루에 몇 시간씩 사람들을 힘들게 한다. 간간이 하루 12시간 정전되는 날도 있다고 하니 말 그대로 환장할 노릇이다. 경제적으로 많이 여유로운 집은 자가 발전기를 설치해 두고 정전 때마다 사용한다. 여유가 있는 사람들은 정전이 자주 있을 때 큰 쇼핑센터를 찾아서 쇼핑하면서 시간을 달래기도 한다.

여기 메단 사무실에서 이틀 지내고 6일 날 오후 6시에 메단에서 SUV 자동차를 이용해서 블라브까지 15시간이라는 대장정의 시간을 가야 한다. 두 달 전에 처음 인도네시아 왔을 때 블라브에서 메단을 나오기 위해 SUV 자동차를 이용해서 나온 기억이 아직도 생생하다. 그때 당시에 비포장도로와 산길을 쉬지 않고 계속 달렸다. 멀미도 많이 나고 전혀 모른 사람들과 한마디도 못하고 15시간을 달려서 메단까지 왔을 땐 정말 몸살이 날 정도로 힘들었었다. 사실 메단 사무실 오기 전에는 경비행기 타고 블라브로 갈 줄 알았는데 여러 가지 사정으로 인해서 SUV 차량으로 블라브까지 가게 되었다고 하기에 눈앞이 깜깜했다. 두 번 다시는 자동차를 이용해서 메단과 블라브를 오가지 않겠다는 다짐을 하였지만 어쩔 수 없이 다시 한 번 차를 이용해서 블라브에 들어가야 한다고 한다. 물론 비행기 값이 굳게 되었다는 것이 좋긴 하지만 몸이 축난다는 것은 너무 힘들다.

이제 웬만큼 인도네시아에 적응 했고 그때와 다르게 다들 아는 사람과 함께 사무실 차를 이용해서 가는 것이기에 조금은 덜 힘들게 플라브에 가지 않을까 하는 생각이 들기도 한다. 하지만 분명히 힘들 것이라는 두려움이 있다. 지나 봐야 알겠지만 제발 무사히 아주 잘 힘들지 않게 플라브까지 도착했으면 하는 바람이 있다.

역시나 플라브로 오는 길은 힘든 여정이었다. 오는 길에 메단 사무실 기사님 집에 잠시 들러서 인사도 하고 간단하게 저녁도 함께하고 잠깐 쉬면서 오니 꽤 편하게 온 것 같기도 하다.

드디어 본격적인 봉사활동이 시작된다. 계획되어 있는 것은 지역개발의 일부인 수도개발 사업과 태권도 교육 및 포토샵 교육이 계획되어 있다. 세 가지 모두를 한다는 것은 이 더운 날씨 속에서 좀 무리가 아닐까 하는 생각이 있기 때문에 세 가지 중에 두 가지만 하든지 혹은 세 가지를 잘

나누어서 조금씩만 해야 할 것 같다. 두 달 반 동안 느낀 바로는 하루에 두세 가지를 한다는 것은 이곳 날씨에서는 완전 불가능한 것으로 느꼈으며 한 가지만 잘해도 아주 성 공적일 것이라는 생각이 든다.

  잘 준비해서 모든 것을 잘 이룰 수 있었으면 한다.

  해외 자원봉사를 나온 목적달성을 위한 첫걸음이 이제야 시작되는 순간이다.

고난의 믈라브 도착기

2007. 7. 07

6일 오후 4시에 메단에서 출발하여 오늘 아침 7시 30분
에 믈라브 사무실에 도착하게 되었다. 장장 15시간을 넘게
차를 타고 왔다. 저번 믈라브에서 메단으로 간 것만큼 힘든
여정이라는 것을 당연히 알고 왔지만 그래도 상당히 힘들
고 지친다. 처음 몇 시간은 잘 왔다. 조금씩 뒷목이 뻐근하
고 아프고 동시에 졸려 왔다. 그런데 목이 너무 아프고, 좌
석이 너무 좁아서 딱 알맞은 자세를 잡고 잠을 잘 수가 없
었다. 잠은 오는데 잠을 못 자고 계속 목만 아프니 이러지
도 저러지도 못하겠고 미칠 것만 같았다. 하는 수없이 노트
북 가방을 앞으로 안고 수건을 하나 덮고 엎드려 잠을 청해

나를 눈뜨게 한 어메이징 인도네시아

보았다. 나름 느낌이 괜찮아서 잠을 거우 청할 수 있었다. 짧게 20분 정도씩 잠을 자고 깨고 하는 것 같았다. 차를 타고 10시간가량 지나고 나서부터는 엉덩이가 아파 오는 것이었다. 10시간씩 한곳에 가만히 앉아 있으니 엉덩이가 안 배기려야 안 배길 수가 없었다. 너무 아프고 힘들고 지치는 여정 속에서 내가 뭐하러 이 고생을 하나 뭐 좋다고 이거 하러 왔을까 하는 생각과 마냥 주님 하고 마음속으로 외칠 뿐이었다. 그리고 또 한 가지 '이제 또 다른 시작이니 주님이 주신 이 땅에서 잘할 수 있게 해주세요'라는 마음이 들었다.

살라티가는 건기라고 하기엔 비가 너무 자주 내리는 것 같았다. 처음 인도네시아 왔을 땐 플라브는 너무 덥고 습한 날씨인 반면, 메단은 선선해서 너무 좋았다. 그런데 지금은 메단이 우리나라 열대야 수준으로 이번에 지낸 이틀 동안 밤에 잠을 못 자고 계속 힘들어했었다. 아마도 하루 평균 2시간 정도 잠을 잔 것 같다. 여기 플라브는 메단보다 선선하고 잠도 잘만해서 이전의 나의 느낌과 반대가 되어버렸다. 인도네시아 날씨를 알다가도 모르겠다.

　마침 내일이 믈라브 아동들의 태권도 승급 심사라고 해서 아침부터 따라갈 듯하다. 이곳에서는 어떻게 승급심사를 하는지 그리고 어떻게 태권도를 가르치는지 볼 수 있는 좋은 기회가 될듯하다.

나를 눈뜨게 한 어메이징 인도네시아

태권도 승급 심사

2007. 7. 07

반다아체 지역에서 온 승급심사관과 인사를 나누고 옆에서 심사하는 것을 지켜보았다.

승급심사를 보면 내가 부족한 점이나 잘 진행되고 있는 긍정적인 점들을 많이 볼 수 있었다. 앞으로 내가 여기 아이들을 어떻게 가르치고 지도해야 할지 생각할 수 있는 아주 좋은 기회가 되었다.

인도네시아에서 태권도 단증을 따기 위해서는 자카르타에 가서 승단 심사를 치르고 합격해야 한다고 한다. 오직

자카르타에서만 된다고 하니 단증 따기 참 힘들 것 같다. 일반적인 승급심사를 3개월에 한 번 정도 하기 때문에 1단을 따기 위해서는 몇 년 정도 걸려서 따야 할 것 같기도 하다. 아마도 지방 소도시에서 전문적으로 매일 같이 연습을 하지 못하고 일주에 두세 번 정도 수업을 하기 때문에 승급이나 승단 심사를 보는 것에 오랜 기간이 걸리지 않나 싶다. 이곳 믈라브 지역에 여러 명의 실력있는 태권도 사범님들이 있었지만 지난번 쓰나미로 인해서 모두 다 죽고 단 한 명만 남아 있다고 한다. 이 한 분이 반다아체 지역 여러 곳을 다니면서 순회 교육을 하고 있다고 한다. 이전에 태권도 사범들이 많이 있을 땐 태권도가 많이 활성화되었고 꽤 인기 있는 운동이었다고 하는데 지금은 그때만큼 인기를 끌지 못하다고 한다.

살라티가에서와 같이 이곳에서도 태권도 품새 부분이 많이 부족해 보인다. 주로 발차기와 겨루기 위주의 훈련을 하고 있단다. 아무래도 매일 같이 봐줄 수 있는 사범님이 없다 보니 여러 곳에서 한국인 사범들로부터 배워온 걸 온전히 기억하지 못하고 태권도 훈련을 시키다 보니 품새 부분을 많이 연습하지 못하고 주로 발차기 위주로 가르치게 되었나 보다.

본격적인 자원봉사 활동

2007. 7. 15

믈라브에 와서 일주일이 지나고 있다. 실질적인 봉사활동을 위해서 일주일은 어떻게 가르치며 어떻게 현지생활이 돌아가는지 주변 상황을 익히고 둘러본 후에 시작하려고 했지만 그동안 태권도를 임시로 가르치던 현지 사범이 지난 주에 갑자기 반다아체에 있는 도시로 가게 되어서 이번 주부터 바로 투입되어서 가르치기로 했다. 그동안 태권도 품새 교육을 받지 못해 품새를 많이 어려워해서 품새 위주의 교육을 먼저 시작하게 되었다. 매일 오전엔 품새 연습을 하였으며 오후엔 요일에 맞춰 초등학생과 중고등학생, 일반인을 가르쳤다. 배우는 학생은 항상 10명 내외이며 그동안 지나간 사범들이 3명가량 되기 때문에 품새 부분이 무분별하다는 것을 알 수 있었다.

한국인이 가르치는 동안은 정확하지만, 현지인 사범들의 경우 품새를 잊어버리고 틀리게 가르치는 경우가 허다하다. 내가 한국으로 돌아가게 될 경우, 잠시 공백이 생기게 된다. 그때를 대비해서 품새 선을 그림 사진으로 만들어서 걸어두기로 하고 작업을 하였다.

지금까지 주로 한 것이 발차기와 겨루기 위주인 것 같았다. 그래서 기본부터 다질 수 있도록 스트레칭과 민첩성을 늘리고 태권도 한 동작 한 동작에 도움이 될 수 있는 준비운동을 재미있게 해서 40분 내외로 몸을 풀고 운동을 시작하였다. 기본 막기와 지르기 그리고 발차기 자세가 잘 되지 않아 기본자세를 익히는 데 오랜 시간을 할애해야 했다. 지금까지 배운 품새라고는 1장과 2장만을 가르쳐 주었다고 한다. 배우는 학생들조차도 매번 사범이 바뀌면 품새가 바뀌기 때문에 힘들어하고 있었다.

훈련을 하다 보면 어느 아이들처럼 훈련보다는 장난을

치고 싶어 하는 아이가 있는가 하면 꽤 진지하게 잘 따라 오는 학생도 있고 본인 맘과 다르게 몸치어서 의외의 웃음을 주는 학생도 있었다.

그리고 보면 지난번 승급 심사 때는 어리바리하게 행동하던 아이들인데 한 주동안 가르쳐보니 이렇게 잘들 하는데 그땐 왜 그렇게 했을까 싶기도 하다. 내가 어릴 적 도장에서 치르는 승급심사를 위해서 열심히 연습하고 긴장하던 때가 생각나기도 한다. 어느 나라에서나 심사는 심사이고 긴장되는 건 마찬가지인가보다. 평소에는 이렇게 잘하는데 심사 때만 되면 긴장되어서 잊어먹고 하는 걸 보면 말이다.

인도네시아 건물 내부를 보면 대부분 바닥을 타일로 만들어 놓는다. 타일에서 운동을 하게 되면 운동 중간 중간에 위험 할 수도 있고 운동할 때 다양한 동작을 응용해서 진행할 때면 많은 제약을 받기 때문에 얇은 매트리스를 적당히 붙여서 운동하고 있었다. 하지만 매트리스가 체육관 전체를 덮지 못해서 지부장님께 부탁드려 메단에서 부족한 부분만큼 더 주문 할 수 있었다. 또한 자세를 잡고 확인할 수 있는 거울이 전혀 없어 튼튼한 거울을 구비 할 수 있는

지 알아보기로 하였으며 이는 가능할지 가능하지 않을지 알 수 없어 일단 두고 보기로 했다.

오랜만에 여러 아이들을 가르치고 훈련하고 연습하면서 옛날 생각도 나고 재미 또한 쏠쏠했다. 한국에서 생활할 때는 어릴 적에 땀으로 온몸을 흠뻑 적실만큼 운동을 하고 나면 언제나 상쾌함을 줬기 때문에 그것이 너무나 그리웠다. 하지만 이런저런 핑계로 운동할 짬을 낼 수가 없었는데 오랜만에 이렇게 땀을 흘리고 아이들과 함께할 수 있다는 것이 정말 좋다. 날이 너무 더워 가만히 있어도 땀나고 온몸이 찐득해지고 조금씩 어질하기도 하지만 이렇게 운동하고 땀을 흘리고 나면, 몸이 축 늘어지면서 모든 것이 편안해지고 상쾌해지는 것이 '아, 사람은 이래서 운동을 해야 하는구나!' 라는 생각을 들게 한다.

새로운 것을 시작하면서 모든 것을 갖추고 시작할 수 없고, 모든 욕심을 채울 수는 없지만 없고 모자란 것을 하나씩 채워가면서 이곳 블라브 태권도 사범님으로서의 새로운 삶을 즐기며 살아갈 미래를 기대한다.

믈라브 지역개발 사업

2007. 7. 20

GNI 인도네시아 지부는 메단 사무실과 믈라브 사업 본부가 있다. 믈라브 사업본부에는 일반 가정집을 임차해서 사용하고 있으며 10명 정도의 현지 스텝이 함께 생활하고 있다. 본부 외에 별도로 시내에서 조금 떨어져 있는 지역에 3층짜리 건물을 임대해서 지역 아동과 주민을 위한 직업교육프로그램을 주로 진행하고 있으며 한국 후원자와의 1대1 결연을 위한 가족연계 및 지역 개발 사업, 보건의료사업을 진행 중이다.

❖ '스틱콤' 직업학교에서 진행하는 사업

컴퓨터 교육 : 컴퓨터 수리 및 포토샵 같은 미디어 관련 프로그램 진행, 오전과 오후로 나눠 진행

방과후 영어 교육 : 지역에 있는 아동/청소년을 대상으로 진행하고 있으며, 학교 방과후 시간에 맞춰 진행

태권도 교육 : 지역 아동 및 청소년을 대상으로 진행하며, 오후에 2개 반 운영

❖ 외부 업무 진행 사업

가족연계사업 : 마을마다 다니면서 마을 족장의 소개로 어려운 가정을 방문하고 조사하여 한국본부와 연계해서 후원 결연 및 사례관리 진행

우물개발사업 : 학교 및 마을 위주로 공동우물 및 수도 시설 개발이 어려운 가정에 한해서 개별 우물 사업 진행

보건사업 : 각 마을에 있는 초등학교 순례를 통해서 손 씻기, 대변 처리, 양치하기 등 보건 사업 진행

KAMPUS STIKOM MEUREUBO
PERESMIAN STIKOM, 27 FEBRUARI 2007

코리안 드림은 드림일뿐

2007. 7. 23

　벌써 4명째다. 살라티가에서 생활할 때 중국계 친구가 나에게 한국에 대한 여러 가지 것들을 물어보곤 했다. 일반적인 한달 월급이 얼마이며, 환율가치가 얼마나 되는지 등을 궁금해 했다. 여기 사람들의 월급에 비해서 우리나라는 대략 10배가량 월급을 많이 받는다고 할 수 있다. 그렇기 때문에 친구들 중 몇몇이 나보고 한국에 돌아가면 자기를 한국에 초대해 달라는 것이다. 한국에서 몇 년 일할 수 있게 도와 달라는 것이었는데 여기 플라브에 사무실 운전기사로 있는 스텝도 이것저것 물어보곤 똑같이 해달라는 것이다.

　한국에서 몇 년 일하고 인도네시아로 돌아오면 부자로 살

수 있기 때문에 한국에 가고 싶다는 것이다. 말 그대로 코리안 드림을 꿈꾼다. 한국 가면 월급만큼 물가가 비싸며 공장 사장을 잘 만나야만 일도 할 만하고 때로는 사기를 당할 수도 있으며, 결코 한국에 산다는 것이 즐겁지 않을 수 있고 오히려 여기 인도네시아에서 사는 것이 경제적으로 더 이익이 될 수 있다고 말했지만 별 소용이 없다.

물론 나도 부자가 되기를 바라는 사람 중 하나이며 그래서 이것저것 생각도 해보고 재테크에 관련된 책도 사 읽어보고 경제신문도 항상 챙겨 본다. 지금이야 인도네시아에 있기에 잠시 돈에 대한 스트레스나 성공에 대한 스트레스를 받고 있지 않지만. 그렇다고 전혀 그런 생각을 잊고 사는 것은 아니다. 벌써부터 한국에 돌아가면 무엇을 해야 할지 계획을 세우기도 하고 어떻게 돈을 벌고 어디서 무엇을 하고 먹고 살지 걱정도 해보곤 한다.

살아가면서 내가 해보고 싶은 게 몇 가지 있다.
★ 장애인 복지와 관련된 기관에 일하면서 대학교 시간 강사 하는 것
★ 우리나라가 아닌 다른 나라에서 살아보는 것
★ 남부럽지 않게 평안하고 평온하게 가정을 꾸려가는 것

★ 센터 혹은 기관장이 되는 것

★ 수영을 멋지게 하는 것

★ 큰 빌딩을 하나 짓는 것

★ 부정교합(턱) 교정하고 수술하는 것

★ 지금 쓰고 있는 글을 책으로 출간하는 것

　나중에 장애인 관련 기관에서 일을 하다 보면 기관장으로 갈 수 있는 길도 열릴 가능성이 있어 보인다. 그리고 중간에 대학원을 졸업하면 기관장이라는 타이틀로 인해서 시간강사 정도는 할 수 있지 않을까 한다. 그리고 우리나라가 아닌 다른 나라에서 사는 것은 지금 하고 있는 중이다. 조금 무리수를 두고서 여기에 왔지만 후회하지 않고 정말 좋은 경험을 하는 중이라 나름 뿌듯하다. 그리고 마지막 큰 빌딩 짓는 것 솔직히 자신은 없다. 하지만 꼭 이루고 싶기도 하다.

　어릴 적부터 미용실을 하는 외숙모나 내가 대학생활 하는 동안 돌봐주신 외삼촌 등 여러 친척 어른들께 많은 도움을 받고 살아왔다. 그래서 곧잘 말하곤 했다. 나중에 크면 큰 빌딩을 만들어서 빌딩에 위아래 집, 옆집에서 전부

같이 살자고 아니면 멋진 집 지어 주겠다고 말하곤 했었는데 빌딩임대업 하면서 기관장도 하고 시간 강사도 하고 다 할 수 있으면 좋겠다. 10년 후, 20년 후의 '박영광'을 기대해 본다(몇 가지 빠진 내용은 딱히 할 말이 없어 생략하겠다).

지나간 세월의 믈라브

2007. 7. 29

믈라브에서 활동한 지 3주가 넘어가고 있다. 처음 믈라브에 대해서 간략하게 적긴 했지만 다시 시작하는 의미에서 조금 더 구체적으로 적어 보도록 하자.

믈라브Meulaboh는 아체주에 속해있는 도시로 강성 무슬림 성격을 가지고 있는 지역이다. 지역의 특성에 따라서 3가지의 경찰이 존재하고 있다. 일반 경찰과 무슬림 경찰 그리고 헌병이 존재한다. 여기서 무슬림 경찰은 무슬림에서 정하고 있는 율법 등을 어길 경우, 체포해서 무슬림식의 재판을 받고 경우에 따라 사원에서 시범적으로 사람을 매달아 놓고 채찍질로 벌을 주기도 한단다. 기본적으로 인도네시아는 5가지의 종교를 인정하고 있으며, 신분증에 자신의 종교가 기록되어 있다. 그렇기 때문에 라마단 기간에 금식하지 않거나 무슬림 율법을 지키지 않을 시에 신분을 확인한 후에 무슬림 종교를 가진 사람만 선별하여 체포하고 자체적으로 형을 집행한다.

2004년 쓰나미 피해로 인해서 인도네시아에서만 23만 명의 사상자가 발생했다. 이중에서 블라브와 주변 지역에서 무려 8만 명이 넘는 사상자가 발생해서 가장 큰 피해를 입은 지역이다. 쓰나미 이전 강성 무슬림으로 외부인이나 기독교인의 발이 닿지 못하는 곳 중에 하나였다. 하지만 쓰나미 이후로 전 세계의 NGO들이 들어와 활동하면서 많은 변화를 가져 왔고 2007년 현재 대부분의 NGO 단체들은 철수하고 인도네시아 현지 로컬 NGO를 포함하여 기독교적 이념을 뛰고 있는 NGO 단체들이 소수 남아서 여전히 활동하고 있다. 대부분 남아 있는 NGO는 선교를 목적으로 이곳에서 지속적으로 사업을 하는 것으로 알려져 있다. 쓰나미 이후로 NGO들의 활동으로 인해서 지역주민들의 가계소득이 많이 높아졌다는 통계가 나오기도 한단다. 인도네시아에서 중요하게 여기는 교통수단으로 오토바이가 있는데 현재 각 가정에 두세대 씩 보유한 가정이 많이 생겨났으며 여러 상점의 주인들도 쓰나미 이전보다 소득이 늘고 전반적인 생활 여건이 좋아졌다고 한다. 간혹 우스갯소리로 쓰나미가 한 번 더 나면 좋겠다는 말까지 할 정도라고 한다. 물론 장난으로 하는 말일 것이다.

쓰나미 이후로 전반적인 생활이 좋아지긴 했지만 부익부빈익빈은 세계 어디를 가나 마찬가지인가 보다. 플라브 내에서 집을 소유하거나 상점을 소유한 사람들은 그렇지 못한 사람들보다 상대적으로 많은 소득을 올리고 있다. 실제 사례로 세계 각국 NGO들이 들어와서는 사업을 하기 위해서 일 년 단위로 집을 임대하면서 한국돈으로 천만 원이라는 돈을 주고 임대하기도 한다. 일반적으로 200만 원 정도면 충분히 빌리고 남는 돈이다. 무분별하게 NGO 단체들이 들어와서 현지 경제사정을 고려하지 않고 퍼주기 식의 자금지출로 인해서 경제 질서가 무너지고 외국인에게는 무조건 비싸게 팔거나 몇십 배에 달하는 금액을 부과하는 등 생활 전반적인 모든 물가를 상승시키는 부작용을 불러왔다고 한다.

깊은 고민
2007. 7. 31

최대한 많은 사람에게 태권도 교육 서비스를 제공하기 위해서 요일별로 초, 중, 고, 일반인을 대상으로 각각 시간을 나눠서 교육을 실시하고 주 2~3회 정도는 오후 시간에 학교건물을 빌려서 이동수업을 진행하고 있다. 교통수단이 여의치 않아 목, 금요일은 플라브 내에서도 거리가 있는 시골 학교로 들어가서 교육을 실시하고 있다.

경우에 따라 일주일에 한 번만 태권도 교육을 받고 있는 학생들이 많이 있다. 그렇기 때문에 세 달에 한 번 있는 승급심사를 통과하는 것이 여간 어려운 게 아니다. 아무리 잘 가르치고 열심히 연습해도 기본동작이나 품새를 일주일 동안 잘 기억하고 정확하게 구사하는 게 쉽지 않다. 매일같이 해야 몸이 기억하고 술술 따라 풀리는 게 태권도 품새인데 너무 띄엄띄엄 연습을 하기 때문에 여러 가지 문제가 발견되고 있다. 각 학교마다 2시면 하교를 하는데 태권도 교육은 3시에 시작해서 5시까지 진행하다 보면 어쩔 수 없이 일주일에 한 번으로 끝이 나는 것이다. 마음 같아서는 일주일에 적어도 2번씩은 교육을 시키고 싶지만, 도저히 혼자 할 수 있는 방법이 없다. 웬만큼 실력이 있는 현지 학생이나 스텝이 있다면 로테이션으로 돌면서 하면 딱 좋을듯한데 그만한 실력자가 없어 아쉽다. 이렇게 세 달을 배워도 간혹 비 오면 빼먹기도 하고 학교행사나 개인적인 일로 빼먹기도 한다. 세 달에 12번 출석할 수 있는데 이런저런 이유로 빠지게 되면 정작 몇 번 연습을 못 하고 승급심사를 보기에 그 결과는 뻔히 보인다.

익숙해지는 믈라브

2007. 8. 03

믈라브에 도착해서 자원봉사를 시작한 지 이제 한 달이 되었다. 여기 현지 스텝들과 사업진행 스케줄에 대해서 많이 익숙해지고 대부분 사업들이 어떻게 돌아가는지 알 것 같다.

조금 부끄러운 말이지만 하루 일상이 항상 똑같은 일상들이기에 이제 지루하기도 하고 너무 반복되는 시간들로 인해서 무료해지고 있다. 말 그대로 자기와의 싸움이 시작되는 듯하다. 나의 하루 일상은 다음과 같다.

★ AM 03시 40분 한국에 있는 여자 친구를 깨워주기

★ AM 06시 50분 한국에 있는 여자 친구가 이제 나를 깨워줌

★ AM 07시 10분 간단하게 토스트로 아침 식사를 함

★ AM 07시 45분 GNI 아침 미팅을 함

★ AM 08시 05분 아침 일과를 시작(지역개발 및 보건사업에 동참)

★ PM 12시 00분 오전 일과 마침

★ PM 12시 30분 점심식사, 휴식(잠시 낮잠)

★ PM 01시 30분 오후 일과 시작함

★ PM 01시 50분 태권도 교육을 위해서 이동

★ PM 05시 00분 교육을 마치고 사무실로 돌아옴

★ PM 05시 30분 간단하게 집에서 마무리 운동을 함

★ PM 06시 00분 샤워를 하고 성경책 or 책을 읽음

★ PM 07시 00분 저녁 식사를 함

★ PM 08시 00분 다같이 모여 성경읽기 or 성경공부 or 기도회를 가짐

★ PM 10시 00분 모임을 마치고 컴퓨터 or 책읽기 or 영화보기

★ PM 11시 00분 취침

이와 같은 삶이 매일 반복된다. 생활 패턴이 너무 반복되다 보니 이제 한 달 지났음에도 불과하고 벌써 지겹기도 하고 무료하기도 하다. 이것을 어떻게 돌파할 것인가? 고민이

다. 간혹 다음 달에 보낼 월 보고서에 무엇을 적어야 하나 걱정이 되기도 한다. 항상 같은 사업을 진행하는데 그렇게 특별할 것이 없다. 그렇다고 없는 사건 사고를 만들어서 적을 수도 없는 노릇이고 그냥 조금 스트레스가 되기도 한다.

나름대로 여기 와서 목표를 정한 게 있긴 하다. 첫째로 성경을 일독하는 것이다. 부끄럽지만 모태신앙이면서도 아직 성경을 일독도 하지 못했다. 그래서 이번 기회에 일독하기로 작정하고 지금 열심히 읽는 중이다. 두 번째로 한국에 있는 동안 몸 관리를 하지 않아 삐쩍 마른 몸에 저질 체력이었는데 여기서 태권도 하면서 체력을 다시 키우는 것이 두 번째 목표이다. 그리고 세 번째는 외국어이다. 고등학교 이후로 영어공부를 한 적이 없기 때문에 영어를 전혀 하지 못한다. 그래서 이번 기회에 인도네시아어를 잘 공부해서 이력서 외국어란에 한 줄 채우는 것이 세 번째 목표이다. 그리고 네 번째 목표는 지금 적고 있는 이 글들이 출간되어서 전국에 있는 서점에서 내 책을 볼 수 있는 것이 나의 작은 목표이자 소망이다.

이 네 가지 목표는 전부다 순차적으로 잘 이루어지고 있

다. 물론 세 번째 목표가 기왕 할 거면 영어였으면 좋겠지만 인도네시아에 와서 굳이 영어를 공부하기보다는 여기 현지어를 열심히 하는 것이 낫다는 게 나의 생각이다. 나중에 한국으로 돌아가면 영어공부를 꼭 하려고 한다.

여기에서 나는 외국인이기 때문에 대부분이 외국인은 영어를 웬만큼 할 줄 알 것이라는 생각을 가지고 나에게 간혹 영어로 말할 때가 있는데 그럴 때면 당혹스럽기 그지없다. 그럴 땐 내가 인도네시아어로 대답을 한다. 그럼 상대방이 좀 당황한다.

다른 해외봉사자들의 삶은 잘 모르겠다. 나와 비슷한 사람도 있을 것이고 나보다 지루하게 지내는 사람도 있을 것이고 나보다 아주 알차게 정말 그곳 그 땅에서 소중한 역할을 하는 사람도 있을 것이다. 물론 내가 하고있는 자원봉사가 무의미하거나 소중하지 않다는 이야기는 절대 아니다. 오해 없길 바란다.

항상 오후 4시면 무슬림 사원에서 확성기로 노래인지 코란을 읽는 소리인지 아무튼 무언가가 흘러나온다. 기도 시간인 것이다. 이 시간이 되면 태권도를 가르치다 말고 잠시 휴식을 준다. 그러면 몇몇은 물을 마시고 휴식을 하지만 몇몇은 기도를 하기도 한다. 처음 여기 와서 오후 4시가 되니 운동하다 말고 학생들이 휴식하자고 하는 것이다. 나는 멋도 모르고 그냥 힘들어서 쉬자고 하는 것이거니 하고 좀만 더하고 쉬자고 말하고 계속 운동을 하기도 했는데 근데 그게 힘들어서가 아니라 원래 4시에 방송이 흘러나오면 하던 것을 잠시 멈춘다고 한다. 이런 게 흔히들 말하는 문화적 차이가 아닌가 한다.

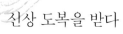

신상 도복을 받다

2007. 8. 09

3주 전부터 새로 가르치게 된 중학교가 있다. 지금까지 도복도 없이 그냥 평상복을 입고 태권도 기본동작을 시작으로 하나하나 가르치고 있었는데 이번 주에 기다리던 도복이 도착해서 나눠 주고 옷 입는 법, 띠 매는 법 등을 가르쳐 주었다.

옷을 받고는 무작정 달려가 자기들끼리 연구해서 옷도 입어보고 띠도 나름 많이 엉성하지만 매는 걸 보면 마냥 순수하다는 생각이 든다. 사실 도복이 비싸기 때문에 제일 싼 도복으로 구매했다. 한국에서 구입하는 도복에 비하면 품

질이 많이 엉성하고 떨어지지만 그래도 조금의 불평 없이 마냥 신기해하고 좋아한다.

언제나 무엇을 하건 새 옷을 입고 새로운 것을 배워나갈 때 그것에 맞는 옷차림이 있고 그것에 맞는 준비물들이 있다. 이런 것을 잘 착용하고 준비해서 하면 못 하는 것도 더 잘해 보이고 더 고급스러워 보인다. 오늘 태권도 도복이 이들에겐 그런 게 아닌가 한다. 비록 3주 가르친 아이들이지만 오늘따라 왠지 더 잘해 보이고 더 멋있어 보인다. 아이들을 보면 새삼 보람을 느끼기도 하고 나 어릴 적 모습을 보기도 한다. 오늘 하루는 정말 뿌듯한 날이었다. 이래서 다들 자원봉사를 하나 싶다.

독립기념일
2007. 8. 17

인도네시아의 독립기념일은 8월 17일이다. 올해가 독립 62주년을 맞이하고 있다. 아마도 일본이 패망 이후에 우리 나라가 이틀 먼저 독립을 하고 인도네시아도 곧바로 독립한 듯하다.

인도네시아는 오랫동안 네덜란드에 300년간 지배를 받다 가 마지막에 일본의 지배를 3년 정도 받고 독립되었다고 한다.

인도네시아는 독립기념일인 8월 1일부터 국기 계양을 시

작으로 각 마을대항전으로 체육대회를 한다. 이를 위해서 한 달 동안 매일 같이 아이 어른 없이 다같이 하나 되어 연습을 하고 군인들은 제식 연습에 열심이다. 또한 중·고등학교 학생들이 참여하여 전통의상과 군인 복장 등 여러 가지 다양한 의상들을 입고 축제하듯이 큰 공터에 모여서 시내를 순회하고 다 같이 주민들이 참여한다.

독립기념일 당일에는 큰 나무를 곳곳에 새워놓고 꼭대기에 선물을 매달고는 어른 6명 혹은 어린이 6명이 사람 탑을 쌓아서 기어 올라가 선물을 차지하는 행사를 하는 등 적극적인 주민들의 참여로 독립기념 축제가 되어 온 도시가 들뜬다.

지역개발 및 보건사업

2007. 8. 27

대부분의 시골 외곽마을에서는 우물이 없고 작은 웅덩이 혹은 오염된 작은 냇물에서 물을 길어다 사용하고 있기 때문에 위생적으로 상당히 열악하다. 그렇기에 우물사업을 하고 있으며 여기에 들어가는 비용은 대략 12만 원 정도이다. 이 비용의 50%는 GNI에서 나머지 50%는 설치되는 가정에서 지불하고 있다. 12만 원이라는 돈은 여기 사람들의 두 달 치 월급이다. 그렇기 때문에 A라는 가정에 우물을 설치하고 자부담 6만 원을 지불하지 못하는 경우, A 가정의 가장이 그다음 B라는 가정의 우물 파는 작업을 할 때 인부로 참여해서 그것을 대신하는 경우도 많이 있다. 우물사업을 하다 보면 집중적으로 사업을 진행해야 하는 지역이 발생하기 마련이다. 플라브 시내에서 차로 수십 킬로미터를 이동해야 나오는 '심방'이라는 외곽마을에 우물사업을 집중적으로 진행해서 주변 40여 가정에 우물을 개발하고 보건사업을 병행해서 지원한 마을이다.

이 마을의 경우 장기간의 서비스로 인해서 주민들과의 라포 형성이 잘 이루어져 마을 촌장을 선출하는 행사 같은 마을의 대소사에 초청될 만큼 관계를 유지하기도 한다.

그 외에 초·중·고등학교와 관공서를 대상으로 지하수를 개발하여 높은 탑 탱크를 설치해 주고 있으며 플라브 시내와 웬만한 학교를 지날 때면 대한민국 국기와 GNI 마크가 붙어 있는 것을 볼 수 있다. 지역 사람들이나 해외 구조단체들이 물탱크에 있는 대한민국 국기와 GNI를 보면서 우리나라의 해외원조에 대한 인식이나 위상이 상당히 올라갈 것 같다. 무엇보다 여기서 보고 자란 어린이들은 기억할 것 같다. 어릴 적 자기가 다닌 모교에 한국에서 온 NGO 단체의 도움으로 깨끗한 물을 사용할 수 있었다는 것을.

또 다른 사업 중에 하나인 보건사업을 보면 마을과 학교를 다니면서 일정 기간을 두고 보건 교육을 하고 있다. 그 내용을 보면 양치하는 방법, 강물에서 수영하지 않을 것, 밖에서 돌아오면 꼭 손발을 씻을 것, 화장실을 이용할 것, 동물들의 배설물을 잘 처리할 것, 씻을 때 비누와 샴푸를 이용할 것 등 아주 기초적인 것이지만 여기에서는 그러한 것을 지키지 않고 있기 때문에 질병에 자주 걸리는 수가 많이 있기 때문이다. 시골 마을의 경우, 경제적인 형편이 어렵기 때문에 주기적으로 치약과 칫솔 등 다양한 생활용품을 나눠 주기도 한다.

사바르의 나라
2007. 8. 28

　몇 달 전에 살라티가에 있을 때 구입한 노트북 배터리가 충전되지 않아 이번 달 초에 메단에 있는 서비스 센터로 보냈다. 하지만 한달 가까이 지나는 동안에 별다른 소식이 없어 알아보니 2주 가까이 센터에서 해결 보지 못한 것이다. 우리나라의 경우 조금 테스트 해 보고 배터리를 교체하지 않았을까 하는데 여기선 그게 아닌가 보다. 그래서 결국 다시 찾아다가 자카르타에 있는 센터로 보내기로 했다. 벌써 한 달째 노트북을 사용하지 못하고 묵묵히 참고만 있다.

　한 달 가까이 글을 적지 못하다가 하는 수없이 사무실에

있는 컴퓨터를 이용해서 글을 적고 있다. 여기 와서 항상 느끼는 것이지만 인도네시아는 'Tuggu Sabar의 나라', 즉 '인내하고 기다려야 하는 나라'인 듯하다. 언제나 참고 인내하고 기다려야만 하는 인도네시아다.

  여기서 많은 것을 경험하고 배웠지만 가장 최고는 오래 참고 인내하고 기다리는 것이다. 한편으로는 속이 답답해 미칠 지경이다. 제발 좀 빨리 빨리 서비스가 되어서 편안하게 적고 싶다.

두 번째 승급 심사

2007. 9. 09

처음 태권도를 가르치기 위해서 블라브 왔을 때 아무것
도 모르고 승급심사가 있다고 해서 심사석에 앉아서 애들
하는 것을 지켜보았다. 승급심사를 하는 것을 보고 잘 참
고해서 다음 날부터 바로 가르치기 시작했다. 라마단 기
간이 되기 이전에 다시 승급심사를 하는 것으로 마지막을
장식하게 되었다. 처음 승급심사 때와는 사뭇 다른 느낌이
다. 몇 달 동안 열심을 가르친 아이들이기 때문에 더 신경
쓰이고 좀 더 잘했으면 좋겠다. 승급심사관은 나를 포함해
서 총 3명이었다. 나중에 채점표를 보니 내가 주는 점수가
가장 낮게 주고 있었다. 아무래도 내가 가르친 아이들이기

때문에 조금 더 욕심이 났나 보다. 그리고 객관적으로 봤을 때 지난번 승급 심사 때 보다는 전반적으로 많은 발전이 있어 보였다. 동작 하나하나에 여유가 있고 절도와 정확성이 더해진 느낌이다.

가르치는 동안 애들하고 실랑이를 벌이기도 하고 같이 놀아주기도 하고 괜히 더 힘들게 연습시켜서 몸이 축나게도 만들어 보기도 하면서 열심히 가르치고 잘 따라 와준 아이들이다. 대부분 열심히 참석하는 애들도 있고 간혹 심심해서 참석하는 애들도 있고 이런저런 애들 합하면 70명 정도 되는 아이들을 가르치고 있다. 이 중에 아이들 몇 명하고는 재미나게 놀기도 하고 잘 지내고 있다.

라마단 이후에도 계속해서 이 아이들을 가르쳤으면 좋겠지만 아무래도 이 승급심사를 마지막으로 아이들과 헤어져 나는 한국으로 돌아 갈듯하다. 어느 누구 보다도 나를 바라보고 열심히 따라온 아이들에게 너무나 미안하고 미안한 생각이 들 뿐이다. 알게 모르게 참 정이 많이 들었나 보다.

다하지 못한 품새

2007. 9. 13

이틀 전 우리 아이들에게 마지막으로 태권도 품새 중 태극 6장과 7장을 마지막으로 마지막 훈련을 끝냈다. 이 아이들은 나로 인해서 혹은 GNI를 통해서 한국에 대한 관심도가 꽤 높아져 있다.

한국의 수도는 어디이며 한국의 계절은 어떻게 되며 인도네시아에 있는 과일이 똑같이 한국에도 있는지 그리고 한국의 화폐단위는 어떠한지 등 여러 가지 궁금한 점이 많다. 그중에서도 한국 화폐단위가 얼마인지 어떻게 생겼는지 궁금해 하고, 너무 가지고 싶어 하기에 이전에 내가 한국에서 가저온 한국 화폐를 아이들에게 한 장 한 장 전부 다 나눠 주었다. 그걸 받고 얼마나 좋아하는지 모른다. 나도 어릴 적 어떻게 하다가 달러가 생기면 왠지 오래 간직하고 싶고 괜히 행운을 가저다 줄 것 같은 생각이 들기도 했었다. 아마도 이 아이들도 그런 게 아닌가 한다. 내가 한국에 돌아가도 몇 년 후에는 이 돈을 보고 나를 기억해주지 않을까 한다. 화폐가치를 가르쳐 주고 내가 한국으로 돌아간 이후에는 한국에서 다시는 태권도를 가르쳐 줄 사람이 오지 않기 때문에 태권도 품새 동영상이 있는 것을 아이들에게 CD로 구워서 주기로 하고 헤어졌다. 그리고 오늘 점심시간 때 아이들을 만나기로 했는데 내가 깜박하고 인터넷 카페에 있었는데 그걸 어떻게 알고는 인터넷 카페로 직접 찾아온 것이었다.

그렇게 해서 애들한테 CD를 나눠주고 아이들이 부끄러워하면서 선물이라며 네모난 통을 주고는 한국 가면 풀어보라고 꼭 여기서는 풀어보지 말란다. 나중에 와서 풀어보니 인도네시아 전통 모자였다.

마지막 보고서

2007. 9. 18

　2007년 09월 18일을 마지막으로 이곳 블라브 생활이 끝이 난다. 지난 6개월 가량의 인도네시아 생활과 그 중 2개월 간의 블라브 생활은 아마도 내가 평생 잊지 못할 기억으로 자리 잡을 것이다. 처음 한국에서 인도네시아로 오기 위한 여러 가지 어려움을 통해서 개인적으로 너무 힘든 시간이었으며 내려놓음이라는 것을 조금, 아주 조금 경험하고 배울 수 있게 되었다.

　힘들게 여기 이 자리에 오게 된 만큼 계획되어 있든 1년 중에서 딱 절반만을 채우고 한국으로 돌아가게 된 것이 너무나 힘든 결정이었다. 그리고 무엇보다 내가 가르치던 아이들에게 너무나 미안한 마음을 전하고 싶다.

처음 이곳에 올 때 자원봉사를 목적으로 두고 왔지만 선교사님들과 생활함으로 인해서 선교사님들의 삶을 알았으며 무엇보다 편안하게 교회에서 예배를 드릴 수 있다는 것이 얼마나 큰 주님의 축복이며 은혜인지를 알 수 있었다. 어릴 적부터 부모님을 따라 교회 다녔기에 다른 이들처럼 부모의 반대를 무릅쓰고 교회 다니는 어려움도 몰랐으며, 다니긴 다녀도 가족 중에 홀로 자기만 교회를 다님으로 인해서 받는 스트레스도 경험하지 못했다. 그만큼 나는 교회 다니는 것이 그냥 당연시 되는 생활 속에서 자랐으며 그것이 은혜인지 축복인지 또한 전혀 인식할 수 없는 삶을 살아왔다. 하지만 이곳 인도네시아에서는 그걸 경험할 수 있었다. 오랜 기간 동안 교회를 가지 못하고 가정예배를 드려야 했기에 한편으로는 예배드릴 수 있음에 감사하면서도 마음 한구석에는 교회에서 예배드렸으면 하는 갈급함이 생기는 생활에 점점 젖어 들어가는 느낌이었다.

선교사님과 생활하면서 내가 자원봉사로 온 것인지 아니

면 선교하러 온 것인지 분간이 가지 않는다. 솔직히 지금도 헷갈리고 있다. 물론 내가 선교에 대해서 전도에 대해서 직접적으로 무엇인가를 한 것은 전혀 없다. 그냥 내가 해야 하는 일은 태권도 가르치는 일밖에 없었다. 조금이나마 찾아보자면 태권도를 가르치면서 아이들이 궁금해하는 한국 이야기를 해주면서 한국은 여기 아체에 있는 머스크만큼 교회가 많이 있으며 머스크는 여기 교회가 있는 수만큼 적게 있다는 등 한국에 관련된 이야기와 기독교에 관련된 이야기 조금 한 것이 전부이다. 이틀 전 주일날 학생들이 집에 찾아 왔을 때 여기 인도네시아에서 처음이자 마지막 전도를 위한 대화를 나누게 되었다. 아이들에게 지금 하는 라마단 기간에 하는 금식은 무엇을 위한 금식이며 무슬림은 어떠한 종교인지에 대한 이야기를 들었으며 나는 그리스도에 대한 이야기를 했었다. 아이들은 이전부터 내가 그리스도인이라는 것을 알고 있기 때문에 때때로 기독교에 대한 질문을 했었는데 이로 인해서 우리는 자연스럽게 대화를 진행할 수 있었다. 아이들은 라마단을 지키는 것은 천국에 갈 수 있는 포인트를 쌓는 것과 같다고 했다. 무슬림에서는 많은 선행과 무슬림의 5대 절기를 지킴으로 인해서 나중에 천국에 갈 수 있다고 믿기 때문이다. 한참 이런저런 이야기를 나누면서 마지막으로 내가 한 말이 있다. 혹시라도 나중에 나이가 들어서 너희들의 행실이 올바르지 못해 천국 갈 수 없을 듯한 생각이 들면 종교를 기독교로 개종하라고, 개종하고 하나님을 믿고 예수님을 믿고 영접한다면 너희들이 그동안 잘못된 행동을 했어도 회개하고 기도하면 천국 갈 수 있으니 나중에 생각해 보고 그렇게 하라고 말하며 마지막 인사를 나누고 헤어졌다. 모르긴 몰라도 그 아이들과 나와 나눈 대화들이 나중에도 계속 머리에 남아 있다면 분명 주님께로 올 것이라는 믿음이 생겼다.

자원봉사 마지막 활동 소감문이 조금 다른 방향으로 글이 적혀지는 것 같기도 하지만 대부분 해외 자원봉사라는 것이 선교사님들과 함께하는 것이기에 나와 비슷하리라 생각이 든다. 그동안의 생활을 뒤돌아본다면 먼저 처음 인도네시아에 왔을 때 한 달가량은 너무 힘들고 정신없고 혼돈의 연속이었다. 하지만 두 달가량의 언어 연수를 위해서 살라티가에서 생활했던 것이 무엇보다 큰 재산이라는 생각이 든다. 인도네시아 생활 문화를 이해할 수 있는 좋은 기회를 가졌으며 언어를 배움으로 인해서 서로 통할 수 있다는 것과 KOS 생활을 통해서 이 사람들의 생활 문화 깊숙이 들어

가서 현지인 친구를 사귀고 또 같이 다니면서 색다른 경험과 많은 공부를 했다. 이를 통해 블라브 생활에 적응하는 것도 쉬웠으며 편안한 마음으로 사업을 진행할 수 있었다.

처음 블라브에 도착하고 바로 승급심사에 참석했기 때문에 이후에 아이들을 가르칠 때 많은 도움이 되었으며 태권도 도장이 마련되어 있고 사무실에 태권도 동영상이 있었기에 여러 가지 준비하는 과정에 적지 않은 도움을 받을 수 있었으며, 아주 순조롭게 잘 진행할 수 있었다. 일주일에 한 번가량 연습함으로 인해서 처음 한동안은 아이들이 너무 발전이 없었기에 나중엔 일주일에 삼 일가량 계속해서 나오게 하는 것으로 어느 정도 진행할 수 있었는데 문제는 싸움을 배우기 위해서, 멋 내기 위해서, 뽐내기 위해서, 그리고 오고 싶으면 오고 오기 싫으면 오지 않는 아이들 때문에 여러 가지 고민을 하게 되었다. 이러한 고민을 해결하기 위해서 품새 위주의 교육을 실시하고 멋 내는 것이나 싸움을 위한 운동이 아니라 정신 수련을 위한 운동이라는 것을 일깨워 주기 위해 노력을 하였지만 그것이 잘 통했는지 아니면 잘 통하지 못했는지 솔직히 나 자신도 아직 잘 모르겠다.

STIKOM의 경우는 20명 남짓 아이들이 꾸준히 다니고 있으며 나름대로 자리를 잡았다는 느낌이 들긴 하지만 MTsN PEUREUMEUE의 경우 아직 운동장에서 하고 있어 민첩성 훈련 혹은 유연성 운동 등 다양한 활동을 하는 것에 제약이 있기 때문에 완전히 흡수된다는 느낌이 들지 않는다. 또한 시작한 지 불과 한 달 반가량 되었기에 아직 20~30명 가량의 학생들이 왔다 갔다 하고 있으며 이 숫자가 얼마나 줄어들지 아니면 조금 더 늘어날지는 미지수이다.

블라브의 생활을 보면 여유롭기도 하며 빡빡하기도 하다. 오전에 특별한 일이 없으면 개인시간을 가질 수 있었지만 하루 일과가 모두 끝난 뒤에는 일정이 생각보다 빡빡하고 개인 시간을 특별히 가질 수 있는 시간이 없다고 볼 수 있다. 다 같이 모여 매일같이 예배드리고 기도하는 시간이 있기 때문에 힘들다고 느낄 수 있었지만 오히려 그런 시간들이 더 유익한 시간들이었다. 물론 매주 화요일 마다 있는 성경공부 시간은 너무 힘들었다. 말을 못 알아듣기 때문에 말 그대로 속이 타들어가며 화가 나기도 했고 때로는 '다음 주부터 참석 안 한다고 해야지'라고 속으로 생각한 적도 있었다. 무조건 참고 또 참는 거 말고는 방법이 없었기에 힘들었다. 그 외적으로는 항상 따뜻한 밥을 하루 세끼 다 챙겨 먹을 수 있고 청소도 해주고 빨래도 해주고 한국에서 생활할 때 보다 더 편안하고 평안하게 잘 먹고 잘 산 듯하다.

　때로는 안 되는 인도네시아 말로 스텝들과 이런저런 마음속에 있는 이야기도 할 수 있는 등 참 좋은 친구이자 동료이자 동생이었다. 또한 살라티가에서는 PAK WAHYU 선생님 내외분을 통해서 많은 것을 배우고 영적으로 성숙할 수 있는 기회 주셨다면 이곳 블라브에서는 지부장님 내외분을 통해서 영적인 성숙과 삶을 살아가는 또 다른 방법을 제시해 주신 분이 아닌가 한다. 이 글을 읽고 계신 지부장님 내외분과 PAK WAHYU 선생님 내외분께 다시 한 번 감사드립니다. 그리고 무엇보다 이분들을 만나게 해주시고 이곳 이 땅을 준비해 주신 주님께 아주 많이 감사드립니다.

_ 현지 GNI 마지막 활동 보고서 중에서

꼭 다시 온다는 편지

2007. 9. 19

To. Mulia Meulaboh, 19 September 2007

Hai Mulia, Selamat jalan ya.

Saya senang sekali bisa berteman dengan kamu selama ini. Saya harap kamu tidak lupa berteman dengan saya selama di Melaboh. Tapi aku sedih kamu pulang karena kamu pulang pada hari ulang tahunku. Jadi aku sedih. tapi tidak apa-apa perjalana mu pulang ke Korea itu lebih baik, aku yakin itu. Sukses untukmu ya.

Saya membuat surat ini panjang supaya kamu bisa membacanya berulang-ulang sampai mengerti isi surat ini. Kamu masih mau kan belajar bahasa Indonesia? Jadi kamu harus mengulang membaca surat ini Haaaaaaa

Saat pertama saya berkenalan dengan kamu, saya berfikir Mulia orangya pendiam dan seram hheeee. karena Mulia jarang tertawa tapi semua pikiran saya salah setelah beberapa hari berteman dengan Mulia, saya memahami kalau Mulia orang yang baik dan enak dijadikan teman, kalau serius dan untuk dijadikan teman tertawa juga enak. Tapi lama-lama Mulia suka pukul saya. Awas a Mulia aku akan balas lagi kamu kalau kamu kembali ke Indonesia, aku akan kalahkan kamu pakai jurus tiger 10 haaaaaaaaa

Saya akan ingat selaul setiap percakapan kita di STIKOM, kalau saya lagi sedih pasti kamu mau menanyai saya "kenapa sedih", terimakasih ya Mulia mau memperhatikan saya saat saya sedih

Oya, aku akan doakan terus ibu pacar kamu supaya cepat sembuh. Mulia jangan lupa ya sering kirim emaail ke saya ok ini alamat emailku rika_..@ya.. co.uk atau ams17_...@ya...com aku akan tunggu balasan surat ini lewat email ok.

Kalau sudah tiba di Korea kirimalah email kepada saya ya. Oya ini no HP saya 0817944.....atau 08139733.....

Pesanku, jangan suka melamun karena kamu sekarang sudah di Korea dan dekat dengan pacarmu jadi tidak ada alasan ladi kmu melamun ok. Laki-laki yang suka melamun itu tidak baik karena nanti tiba-tiba bisa menangis, kalau kamu menangis nanti semua orang di Korea tertawa melihat kamu

Sudah dulu ya surat dari saya, rika senang berteman dengan Mulia, Tolong semua hadiah dari saya jangan dibuang ya, ingat itu patungna adalah suku

karo. Oya Mulia kalau maried kirim undangan kepada saya lewat email ya. Aku tunggu kabar kamu dan pacarmu dari Korea. Tuhan memberkatimu Mulia. Kamsa hamida.

Aku mengasihimu temanku.

Rika

_ 믈라브 현지 스텝이 마지막으로 전해준 편지

나를 눈뜨게 한 어메이징 인도네시아